U0562839

何兆武
思想文化随笔

触摸时代的灵魂

何兆武谈读书

何兆武 / 著

学林出版社

自　述 *

　　我原籍湖南岳阳，1921 年 9 月生于北京。1937 年
7 月抗日战争全面爆发时就读北京师范大学附属中学
高中一年级；9 月全家间道南返故乡，在长沙中央大学
附属中学（由南京迁校）；1939 年入西南联合大学；
1943 年毕业于西南联大历史系；1943 年至 1946 年读
清华大学（西南联大）研究生。

　　毕业后，按时间顺序，我基本的简历如下：1946
年至 1949 年任中国台湾"建国中学"、湖南第十一中
学教师；1949 年至 1950 年于华北人民革命大学政治
研究院毕业；1950 年至 1952 年任北京图书馆编目员；
1952 年至 1956 年任西安师范学院历史系讲师；1956

---

* 　本文原载《世纪学人自述》（北京：北京十月文艺出版社，2000 年），收
入本书，编者略有修改。

年至 1986 年任中国科学院（中国社会科学院）历史研究所助理研究员、研究员；1986 年后任清华大学文化研究所教授。

在学术交流方面，1980 年任中美文化交流委员会中方访问美国学者；1984 年任美国哥伦比亚大学鲁斯基金访问教授；1986 年至 1987 年任中国社会科学院世界史研究所特约研究员；1993 年至 1995 年任德国马堡大学客座教授。

我自己幼儿时正值军阀混战，但北洋军阀统治时期仍给我留下了深刻的印象——它和后来的国民党统治时期有很大的不同——有些印象至今难忘。其后做小学生时又值"北伐"和"九一八"事变，"九一八"事变以后无日不在危城之中。上中学时，全民抗日战争爆发，随后是不断的颠沛流离。上大学时是"欧战"，继而是太平洋战争的爆发。读研究生时，第二次世界大战结束。或许是由于自幼在古老的北京城里生活所培育的思古之幽情和连年战乱所引发的对人类历史和命运的感触和思索，使我选择了历史作为专业。

求学时期许多师友的启发，以及虽在战时却仍然相当丰富的图书与便利的阅读条件，容许我经历了相当长的一段难忘的时光。在物质生活极其艰苦之时，却往往能得到精神上无比的启蒙之乐。

当时的校园没有严格的组织纪律，它给了学生们很大的自由度，可以自由转系、自由旁听，不同专业和不同年级的同学共同生活在一起。我自己曾前后转过四个系，曾旁听过吴宓先生的"欧洲文学史"和"文学与人生"，沈从文先生的"中国小说"，陈福田先生的"西洋小说"，张奚若先生的"西洋政治思想史"和"近代西洋政治思想史"，刘文典先生的"温李诗"，冯至先生的"浮士德"，汤用彤先生的"大陆理性主义"和其他的课程和讲演。这些都不是我的必修课和选修课。同学好友中王浩和郑林生都曾对我的思想有过很大的影响。他们的专业我虽然一窍不通，但他们的谈话和思路每每给我以极大的启发。在专业上，噶邦福老师（J.J.Gapanovitch）则是引导我对历史哲学感兴趣的指路人。

新中国成立后，自20世纪50年代至20世纪80年代我参加了侯外庐先生领导的中国思想史研究班子，作为他的助手工作了30年。

我认为侯先生的最大优点和特点是决不把思想史讲成是思想本身独立的历史，即不是从思想到思想，而是把思想首先当成是现实生活的产物，然后才是它从前人的思想储备库中汲取某些资料、方法和智慧。这本来也是马克思主义最根本的原则之所在，即存在决定意识，而不是意识决定存在。然而20世纪60年代所风行的观点却正好反其道而行之，专门强调思想领先，把事情说成是思想在决定一切存在，历史是沿着思想所开辟的航道前进的。当时各种运动、劳动、社会活动和不务正业的各种业务接连不断，几乎占去了一个人绝大部分的时间，自己的专业也就无从谈起。

因为对西方思想史也感兴趣，所以不时也偷暇翻阅一些，这在当时被认为是"自留地"或是"地下工厂"的。偶然得到了哈布瓦赫（Halbwachs）的卢梭《社会契约论》的注释本。卢梭的书已是西方思想史上的经典著作，在中国近代史上也曾大有影响，而居然没有一个可读的中译本，更不用说注释本。于是我又找来几种名家的注释本和沃恩（Vaughan）的权威本，除了翻译本文之外，还做了些集注的工作，多年来已前后修订过三次。

近代西方思想史，我以为实际上是两大主潮的互相颉颃：一条是由笛卡尔所开辟的"以脑思维"的路线；另一条是由帕斯卡所开辟的"以心思维"的路线。后一条路线并不违反科学，帕斯卡本人就是近代最杰出的数学家和实验物理学家。

我恰好有一本布伦茨威格（Brunschvicg）的帕斯卡权威本，所以就译了他的《思想录》，并找了几种注释本，也做了一点集注和诠释的工作。在我感兴趣的历史哲学领域，我以为康德的《历史理性批判》一书，迄今仍不失为西方最深刻、最有价值的著作，所以在20世纪六七十年代把它译了出来。

20世纪70年代以后，时间较多，研究环境也较前宽松，几次出国，也接触到了一些过去未能见到的书和材料，于是又动手翻译了几部书，也写了一些文章。文章大多已收入自己的书中和文集中。

近代中国较近代西方落后了一步，所以19世纪、20世纪的中国还在补西方18世纪、19世纪的课。把历史学认同于科学，就是在思想上补19世纪实证主义的课。

我以为历史学既有其科学的一面（所以它必须服从科学而不能违反科学），又有非科学的一面（所以就不能以实验科学那种意义上的科学要求为尽历史学之能事）。

作为一门独立的学科，历史学（和人文学科）还另有其自己独特的纪律、规范和准绳（Criterion）。我希望有人能把它写出来，我自己也愿意做一点抛砖引玉的工作。

历史学研究的对象是人的活动，所以研究人性运动的轨迹（即历史）就是历史学的当然任务。人性当然包括阶级性在内，但阶级性并不能穷尽人性。善意固然是人性，恶意也是人性。"文革"对于其他专业工作者未免是一种损失，使他们失去了大量宝贵的钻研时间。但是唯独对于文科来说（如历史学、哲学、文学等），它却也是一次无比的收获，它使得我们有千载难逢的机会去体验到人性的深处。几千年全部的中国历史和在历史中所形成的人性，都以最浓缩的形式在最短的时间之内迸发出来。如果今天的历史学家不能运用这样空前的优异条件写出一部或若干部的中国史、世界史以及历史学理论、方法论、历史哲学的书来，那就未免太辜负自己所经历的时代了。

目　录

001　五柳读书记

014　读书是一种享受

025　我经历的西南联大民主运动

037　我的联大师友

057　纪念梅贻琦校长

067　与陈寅恪先生相关的两件事

076　回忆吴雨僧师片段

091　回忆傅斯年先生二三事

099　纪念雷海宗先生百年诞辰

106　缅怀向达先生

113　侯外庐先生印象

123　必然与偶然
　　　——回忆钱宝琮先生的一次谈话

130 怀念王浩

135 师友杂忆五则

154 也谈"清华学派"

168 沉钟亦悠扬

172 观历代帝王庙有感

180 当代西学翻译与出版的病灶

186 关于柏克《法国革命论》
    ——我的一点答复和意见

194 人是一根能思想的苇草

205 **编 后**

五柳读书记 *

◇ 理想和金钱的角逐究竟谁胜谁负还难预言，而对历史做任何预言大概都是危险的。因为历史是自由人的自由事业，所以就不完全是"不以人的意志为转移"的，而且，仅就"不以人的意志为转移"这句话本身而言，怕也是"不以人的意志为转移"的。

◇ 人类总有一些价值是永恒的、普遍的，不能以强调自己的特殊性来抹杀普遍的价值。

◇ 严格地说，绝对的平等、绝对的自由、绝对的民主都不存在，百分之百的实现是不可能的。问题在于理想与现实、理论与实践之间的差距是大是小？是朝着哪个方向走，能有几分做到，还是根本就是骗人的？我们不能因为理想的不可实现就把它一笔勾销，毕竟还要朝着这个目标前进的，否则就没有希望了。

---

* 本文由作者口述，料峭子整理。

我也喜欢读书，但杂乱无章、漫无目的，没有一个中心方向，这是我的大毛病，大概也取决于我的人生观，或者思想作风。前些年我回湖南老家，和几个老同学聚会了一次，有个老同学开另一个老同学的玩笑说："你当年费那么大劲追求某某女同学，结果也没有成功，现在想起来，简直是浪费青春。"我倒表示了不同的意见。这件事情本身自有它感情上的价值，而不在成功与否，不能说成功了才有价值，不成功就是浪费时间。我以为，读书也是这样。读书不一定非要有个目的，而且最好是没有任何目的，读书本身就是目的。读书本身带来内心的满足，好比一次精神上的漫游，在别人看来，游山玩水跑了一天，什么价值都没有，但对我来说，过程本身就是最大的价值，那是不能用功利标准来衡量的。

至少有两个很熟的同学好友批评过我，说我这种纯欣赏式的读书不行，做不出成绩的。的确如他们所说，我一生没做出任何成绩，可是我总觉得，人各有志。陶渊明写过一篇《五柳先生传》，说这位先生"好读书，不求甚解。每有会意，便欣然忘食"。我认同这样的五柳先生。学术不是宗教信仰，不能说某某书字字是真理，每个字我都要同意，只要它给我以启发，它的讲法值得我去读，甚至我的理解未必是作者的原意，可是能自得其乐，这就是我最大的满足。

古人说："为学当先立宗旨。"我一生阅读，从未立过任何宗旨，不过是随自己兴之所至在琳琅满目的书海里信步漫游而已，邂逅了某些格外令我深有感触的书，甚至于终生隐然地或显然地在影响着我。

在西南联大上学时，一次我在西南联大的外文系图书馆（这是我们常去的地方）看到一本书，题为 *The Tragic Sense of Life*（《人生之悲剧的意义》），一时好奇就借回去读。当时我也和许多青年人一样，常常想到人生的意义。人生一世，追求的到底是什么？本书作者乌纳穆诺（Unamuno）是 20 世纪初著名的学者、文学家和哲学家，曾任西班牙最古老的萨拉曼卡（Salamanca）大学校长，佛朗哥专政时期惨死在法西斯集中营中。他大概是受到堂·吉诃德的影响吧，认为人生一世所追求的乃是光荣。我问过很多同学和老师，他们都不同意这个观点，唯有王浩认为就是这样。后来我把此书给汤用彤先生看，并且问他的意见。汤先生的回答是：文字写得漂亮极了，不过不能同意他的观点。汤先生说，人生追求的不是光荣，而是 peace of mind（心灵的平静，心安理得）。我又把汤先生的话转述给王浩，他想了想说："也可以这么理解，但 peace of mind 一定要 through glory 才能得到。"我想，一位老先生，饱经沧桑，所以追求的是 peace of mind，而王浩当时年轻气盛且又才高八斗，所以一定要通过"光荣"才能使他得到 peace of mind，否则不会心灵平静。

及至后来我又读到乌纳穆诺一些作品，才发现他并不如《人生之悲剧的意义》一书中所给我的印象。他实际上是在追求那种不可捉摸、难于把握而又无法言喻的人生的本质。这里不可能有逻辑的答案，所以他就寄托于文学的寓言。我的兴趣是要猜一个谜语，但那仿佛并没有谜底，乌纳穆诺似乎在暗示我：人生不可测变，不可立语言文字，所以人生的意义是无法传达的。

1940 年夏，也是出于偶然的机缘，我读到了傅雷先生译莫罗阿（A. Maurois）的 *Meipe*，中译名为《恋爱与牺牲》。傅先生的译笔极佳，简直是我们翻译的典范。如他把多恩（Donne）的诗句 I'll undo the world by dying 译作"我愿一死了却尘缘"，把 violon plaintif 译作"如泣如诉的小提琴"，使我叹服不已。作者莫罗阿是 20 世纪上半叶新兴的传记文学作家，与英国的斯特雷奇（Strachey）、德国的路德维希（Ludwig）齐名，但我觉得斯特雷奇和路德维希都不如莫罗阿那么灵心善感。《恋爱与牺牲》是我读到他的第一本书，非常之欣赏，因为它改变了我们通常对人生的看法，仿佛为我开辟了一个新世界。中国的文化传统是道德本位、伦理挂帅的人生观，政治是伦理道德的核心，伦理道德是政治的扩大，所谓"善善，恶恶，贤贤，贱不肖"，就是以善恶分明、忠奸立判的眼光评判人，是非常简单的二分法。但莫罗阿几乎同情每一个人，甚至一切人都是可爱的，一切不幸都是必然，当我们对一切人和事都以宽厚同情的眼光来看待，整个世界便以另一种面貌出现在我们面前。这给了我很大的启发：真实的人生是多元的，远非我们想象的那样脸谱化。

后来我又找到莫罗阿的成名作 *Ariel*，即《雪莱传》。雪莱一生都在挨骂，学校开除了他，又因为恋爱的事情私奔，名声扫地，32 岁就早早故去。可是莫罗阿用他一贯的温情，把雪莱比作莎翁《暴风雨》中的天使 Ariel。这本书我反复读过好几遍，并介绍给许多同学，化学系的章惊叹道："莫罗阿真是个轻愁的天才！"友人物理系的王景鹤在新中国成立后的"思想改造"中，还把受莫罗阿的影响写进了自我批判。由于莫罗阿是英国通，所以"一战""二战"中担任了法国的对英联络员。"二战"结束时他访问美国，在大西洋上看到美国舰队演习的耀武扬威，感叹道："有这样威武雄壮的海军，真是世界和平最可靠的保障。"文章发表在《大西洋月刊》上，读后我不禁惋惜道："莫罗阿已经成了法国的林语堂了！"（在当时人看来，林语堂不过是"骗美国人钱"，所以评价不高。）

　　不久，我又邂逅了另一位更加引我入胜的作家，白俄 D. Mereschkowski（梅勒什可夫斯基），他的思想再次为我开辟了一片意想不到的天地。我读他的第一部作品《诸神复活》是他三部曲的第一部，书名亦作《达·芬奇传》。译者郑超麟先生是元老级的托派，但学识丰富，译笔亦佳，唯独遇意大利人名最后一个音节 –tti 时，总译作"蒂"（音 chì）而不作"蒂"，令人感到有点别扭。我自己喜欢遐想，对历史做一些可能的假设考问自己，并且喜欢追索书中的微言大义之所在。梅氏此书虽系为至圣达·芬奇做传，但似乎有意在预示一个第三帝国的诞生。历史上第一帝国是罗马帝国，那是一个剑的帝国，它以剑征服了世界。继之而来的是基督教帝国（Christendom），它以十字架征服了世界。文艺复兴以来，古代的异教诸神又复活了，但它以光荣与骄傲背叛了基督教帝国，终于也会引致灭亡。于是，继之而来的也许是一个第三帝国，把剑和十字架结合为一。然则这个帝国又是谁呢？我当时以为最能够担当此任的，恐怕非苏联莫属，而走在前列的欧美列强已经被物欲腐化了，不足担此重任。但是，这种半预言、半神话的期待在不到半个世纪的时间里，随着庸俗唯物论金钱拜物主义的冲击而兵不血刃地破产了。

理想和金钱的角逐究竟谁胜谁负还难预言，而对历史做任何预言大概都是危险的。因为历史是自由人的自由事业，所以就不完全是"不以人的意志为转移"的，而且，仅就"不以人的意志为转移"这句话本身而言，怕也是"不以人的意志为转移"的。

　　很多作家都喜欢写神秘的作品，同样也很吸引我。比如乌纳穆诺有一篇小说《沉默的谷》，说有个地方非常奇怪，很多人进去看，但是没有一个人出来。再比如爱伦·坡、屠格涅夫。屠格涅夫是个非常理性的人，写出了像《父与子》《罗亭》《前夜》，可是也写过许多篇神秘的小说，如《克拉拉·米利奇》（*Clara Militch*）。我想，生命中的确有一些不是用说理、逻辑能够表达的。比如宗教，对于相信它的人来说，宗教就是真实，它比什么都重要，可是对不信的人来说，可能就是胡说八道。有人简单推论说："谁看见过上帝？谁摸过上帝？谁也没见过、没摸过，所以上帝就不存在。"这种推理方式成立吗？是不是看不见、摸不着的就不存在？我们看不见空气，可是空气存在；我们看得见彩虹，可是它不存在。有神论者可以说："上帝就是看不见。"因为上帝 everywhere and nowhere（上帝无所不在，又不在任何地方），不是人所能理解的那种存在。斯宾诺莎也讲上帝的存在，而他的"上帝"就是大自然。有人问爱因斯坦是否相信上帝，爱因斯坦回答说：我相信上帝，但我的"上帝"是斯宾诺莎的"上帝"。所以这就看如何理解了。如果说上帝是个白胡子老头，手里拿着根棍子，当然也可以这么理解，但这种上帝大概是不存在的。如果认为上帝就是大自然的奥秘，那完全有可能存在。在这一点上，我欣赏《王子复仇记》里哈姆雷特的好友霍拉旭（Horatio）的一句话：这个广大的世界不是你可怜的哲学所能想象得到的。我也有同感。其实这个世界没那么简单，许多东西我们无从用常识表示，只有在更高的层面上才能感受到它的存在；如果我们强用通常的语言表达，那就把它非常之简单化了。

当时有几本西方思想史方面的著作给我印象很深。马克思的《共产党宣言》我也很欣赏，从图书馆借来英文本，还手抄了一遍，时常拿出来看看。不过那时候是把它作为一种文学作品来读，尤其最后的那些话，觉得非常鼓舞人心，但真正的精义我不懂。再比如卢梭的《社会契约论》，那是张奚若先生指定的必读书，其实早就有中译本了，不过我们看的都是英译本。我国最早介绍卢梭《社会契约论》的大概是梁启超，清朝末年中国留日学生也翻译过这本书，后来国民党右派元老马君武也译过，不过用的是文言。

《社会契约论》里开篇第一句话："人是生而自由

的。"美国《独立宣言》、法国《人权宣言》和《联合国宪章》都是这样讲。但同样可以说：从来就没有什么自由平等，不是这个阶级压迫那个阶级，就是那个阶级压迫这个阶级。听起来好像很矛盾，不过我想这两种说法都有道理，因为它们是在两个不同的层面上谈自由。一个是从"当然"或"法理"的层面讲，人当然应该是自由的；但是从"实然"或者"事实"的层面上讲，人确实从来没有自由过。比如法律规定，婚姻要以双方的感情为基础，不问年龄、财产、社会地位等等，这是从法理上讲，但事实上没有人不考虑条件的，这是两个不同的层次。18世纪天赋人权的"天赋"（natural）是"天然"的意思，人天生、天然就是自由的，可是我们把它翻译作"by heaven"，变成"天所赐予的"，有点类似"天子受命于天"，"神授皇权"，正好背离了这个词的原意。后来19世纪的历史学派讥讽天赋人权派：什么天赋人权，从来就没有过。如果从历史事实上考据，当然从来就没有过人的自由和平等，这是事实，但问题是：事实上的不存在，能不能用来否定它的合法性与合理性？科学也一样。比如几何学定义中的"点"是不占有空间的，可是物质世界中任何一个东西都要占有空间，就是原子也要占有空间，但我们不能因为在现实中找不到原型就否定了"点"的存在。如果这样的话，不但"点"不存在，"直线"和"平面"也是不存在的，几何学就不必存在了。所以说，法理的"自由"和事实上的"自由"属于两个不同的层次，它们可以并行不悖，不能什么都混为一谈，否则，就算吵翻天，也是公说公的，婆说婆的，谁也说不服谁。

人类总有一些价值是永恒的、普遍的，不能以强调自己的特殊性来抹杀普遍的价值。新中国成立前民主运动，国民党政府干涉时有个借口：民主不适合中国的国情。于是《大公报》上有一篇社论《贵适潮流，不贵适国情》，提出应该顺应历史潮流，而不是强调我们国情的特殊性，以对抗历史潮流。真理放之四海而皆准，有些东西是具有普遍价值的。比如自由、平等，应该对任何时代、任何民族都适用，不能说中国就是男女不平等，妇女就得把脚给缠残废了。你也可以说缠足曾经是我们的特殊性，但这种特殊性要不要保留？我看这种特殊性不要保留，毕竟我们首先是要接受男女平等的普遍价值。当然，每人有每人的个性，每个集团、每个民族也有它自己的个性，我们不会都一样，而且肯定有不同。可是在这之上，毕竟有个共同的标准尺度，而且，普遍标准才是第一位的，个性、特殊性则是第二位。"一二·一"民主运动的那天晚上国民党开了枪，后来警卫司令部关麟徵招待记者，说："你们（学生）有言论自由，我就有开枪自由！"这话说得有问题。言论自由是普遍的价值，是第一位的。开枪的自由可不是普遍价值，哪能愿意开枪就开枪？自由总有一个普遍的标准，不能说你有你的自由，我有我的自由。民主也一样，不能说各有各的民主，不然大家都按自己的标准，岂不乱套了？

新中国成立前争自由主要还是18世纪启蒙运动"天赋人权"意义上的理想，主要内涵包括：第一，思想、言论、出版的自由；第二，集会、结社的自由。这是大家熟悉的。"二战"期间，罗斯福提出了他有名的"四大自由"，即在此外又增添"免于匮乏的自由"和"免于恐惧的自由"。确实，在极度穷困的情况下，饭都没的吃，还谈什么自由？在法西斯的恐怖统治之下，可以随意抄家、抓人，还有什么自由可言？当然，那时候的想法很天真，以为只要理想好，就一定能实现，现在年纪大了，想法又慢慢在变化。古今中外的任何时代，理论与实践，或者理想与现实之间总会有差距，而且往往是巨大的差距。过去我们想得很简单，现在想来，不但目前实现不了，恐怕千秋万世之后也难以实现，就是最伟大的实践主义者也做不到。

严格地说，绝对的平等、绝对的自由、绝对的民主都不存在，百分之百的实现是不可能的。问题在于理想与现实、理论与实践之间的差距是大是小？是朝着哪个方向走，能有几分做到，还是根本就是骗人的？我们不能因为理想的不可实现就把它一笔勾销，毕竟还要朝着这个目标前进的，否则就没有希望了。

我在西南联大的时候，教科书几乎全是美国的，理科的不用说，文科也多是西方教本。比如政治学是迦纳（Garner）的《政治科学与政府》，经济学用费尔柴尔德（Fairchild）的《经济学概论》，到了专业课的时候，除非是学中国古代文史的，其余都是美国教本。有几本教科书我是从头到尾通读，而且写了笔记，所以印象非常深。比如二年级学西洋通史，用的是海耶斯（Hayes）、穆恩（Moon）两个人写的《古代史》《中古史》和《近代史》三本，摞起来很厚，可是写得深入浅出，非常易懂。那时候已经有翻译本了，不过我想试着看原文，结果第一次就发现自己一个小时能看20页，好像并没有原先想象的那么难，这样算来，十个小时看200页，它那一本有500页的样子，整天看的话，几天就能读完。而且读原文有个特殊的方便，它的地名、人名、专名词都非常好记，比看中文好记得多，所以看英文本反而更容易，我觉得很满意。后来三年级的时候上皮名举先生的西洋近代史，那是历史系的必修课，用的是海耶斯的《欧洲近代政治文化史》，文字依然非常浅显流利。

上陈福田先生的西洋小说史要读詹姆森（Jameson）的《欧洲文学史》和吴可读（Pollard的汉名）的《西洋小说史》。《欧洲文学史》是20世纪30年代初期詹姆森在清华教欧洲文学史时的讲稿，钱锺书、季羡林都上过他的课，后来吴宓先生教这门课的时候也推荐这本书。不过季羡林有一篇回忆文章，看不起这本书，说它根本谈不上学术。这一点虽然我也承认，不过我认为不能以纯学术的眼光要求每一本教科书。詹姆森的这本书写得非常之系统，而且简明扼要，不但容易看，也容易记，使我对欧洲文学很快就有了一个比较全面的印象，这对于我们初学的外行人非常有用。这本书我很喜欢它，跟了我几十年，现在还舍不得扔掉。

我们年轻的时候都非常幼稚，看了什么就觉得什么好。不过幼稚也有幼稚的好处，什么都绝对化、纯粹化总是很危险的。学术思想上的门户和政治上的派别不一样，政治上的派别是有组织、有纪律的，宣誓加入以后就得绝对服从，但学术思想并不是这样。比如我欣赏某个哲学家，并不意味着字字句句都得听他的，里边一定有某些合理的成分。杜甫诗云"转益多师是汝师"，就是说，我的老师并不限定是这一个或者那一个，而应该请教很多的老师。人类的文化也应该是这样，不能独尊一家，其余的都一棍子打死，那就太简单化了。好比我们吃东西，不能说牛奶有营养就光吃牛奶，你得杂食，各种东西的营养都吸收才行。

原载《读书》2005 年第 12 期

读书是一种享受 *

◇ 人类的历史有它的普遍性、普遍价值，也有它的特殊性。我们不能强调一方面，忽视另外一方面。

◇ 任何东西都是从传统里边演变出来的，所以不能对传统全盘否定；可是又不能永远停留在原来的那个水平上，总是要不断地提高、进步的。

◇ 一个人或者一个民族，总有他的优点，也有他的缺点。对自己也要这样看，既不是全盘否定一点都要不得，可是也要看到自己的缺点，正视自己的缺点。这个很不容易做到。

◇ 字字是真理，那是一种宗教信仰，而不是求知。

◇ 近代化的本质：一个是科学、一个是民主。西方文化

* 本文系作者接受记者采访的问答录，署名王正，发表于2009年12月《博览群书》。——编者注

的精华也就在科学与民主。

◇ 现在可以鼓励思想自由，只要不从事职业的政治活动，就不要扣政治帽子。

问：何老您好！请问您最近在读些什么书？

何兆武：我现在不读正经书了，因为没有精力做正经事了，都读点闲书，主要是一些回忆录之类的。因为是自己亲身经历的一段，所以看着有亲切感。其他的新书就是看报上介绍，某某书怎么样，便拿来看看，不过并不是认真的，跟以前不一样。以前作为工作，某些东西你就得认真地看，而现在读书就是作为消遣，看热闹，和以前不一样，不是一种职业性、专业的看，而是一种休闲的看。学术性的看往往有一个目标，比如我要解决个什么问题，或者我要写一篇关于什么什么的文章，现在没有那个功利的目的。

问：您一生翻译卢梭、康德、罗素等西学经典书籍十余种。在这些书里，您自己最满意哪几种？

何兆武：谈不到满意。不过这些书里面很多都是自己比较有兴趣的，所以做起来就觉得是一种享受。就好比一个运动员喜欢踢球，那么尽管他踢下一场球来是很累的，但是他踢完了浑身是汗，却觉得很高兴。所以关键是看你的兴趣。

至于翻译的水平，我可没有严复说的那个水平，这个不能勉强。就像运动员，你不能勉强他一定要打破世界纪录；打不破世界纪录，并不是说他这个运动就毫无意义了。如果你一定要他打破世界纪录，这个就不现实了。

在我翻译的这些书中，我感觉费力费得多的是帕斯卡的《思想录》，因为这本书里的很多东西，跟我们太隔膜了。因为那个时候还是神学统治的时候，有很多神学问题我们不懂，我们过去也不讲神学，可是他是通过神学的思维来思考问题，所以翻译起来就比较费力。这就比如说，一个外国人研究中国，他就必须要明白毛泽东思想是什么，这是非常重要的。但到底什么是毛泽东思想，我想对于一个外国人来说是很困难的。

从技术的角度上说，翻译罗素是比较容易的，因为他的文字非常浅近，非常清楚明白。不像有些个哲学家，文字非常困难，你摸不清他是什么意思。而且罗素的思想也非常清楚明白，另外他对中国的影响也大，从五四起就有影响。当然每一个学者或者每一个思想家，都有他的优点和缺点，罗素在理论上也有他的缺点。

还有康德也是比较难翻译的。其实，就是他的文字难读，他的思想还是很一贯，很逻辑的。不像当代的一些哲学家，文字倒是很简单，可你不知道他是什么意思。像康德他们这种古典哲学家，如果能仔细看，你会发现他的意思是很清楚的，就是文字别扭。

问：在您写过的众多历史哲学、文化思考的著作中，您最看重哪几本？

何兆武：其实，我并没有写过一本正经的书，我的书大都是短文的合集。我对历史的理解是，人类的历史有它的普遍性、普遍价值，也有它的特殊性。我们不能强调一方面，忽视另外一方面。在这两个之间怎样掌握好一个度是最重要的。比如说新中国成立以前，那时候有重要大典的时候，要人们一出来，都是长袍马褂。其实那个也不是汉族的，是满族的、清代的。这是一个风气，一个时代的习惯，不能走向绝对。

问：现在国学很热，各种书籍和电视节目都很多，您怎么看？

何兆武：国学热这个事情，在近代中国反复几次了。从清末就是中学西学之争，后来张之洞提出"中学为体、西学为用"，再后来一直到五四运动"打倒孔家店"，一直到现在。我觉得不如把这个观念改一下，不是什么中学西学之争，而是传统和近代化之争。我们要知道，近代化是在传统里面成长出来的，这就好像一个老人，是从青年时候变过来的一样，你不能把青年时代都否定了，没有青年哪有老年呢？所以每一个民族的文化都是从它的过去成长出来的，比如说我们今天写的方块字，那都是几千年演变过来的，不能说我们现在就不要汉字了。这个不可能。可是另一方面，人类的知识文化是不断进步的，你如果老把老祖宗供在那，认为他是不可超越的高峰，也不行。如果这样的话，就没有进步。因此说，任何东西都是从传统里边演变出来的，所以不能对传统全盘否定；可是又不能永远停留在原来的那个水平上，总是要不断地提高、进步的。

让我开窍的几本书

问：您从小就开始广泛地阅读，在您数十年的读书生涯中，您感觉对您影响最大的是哪几本书？

何兆武：我想这里面包括哲学家罗素、康德的著作，历史学家司马光的著作。司马光如果按现代的标准来说，他应当是个正统的守旧派，不过我觉得他有些看法还是非常深刻的。比如说，大家都熟悉的荆轲刺秦王的历史，历代文人都是表扬荆轲了不起，包括最超然的诗人陶渊明也说"其人虽已殁，千载有余情"，他还是同情荆轲的。但只有司马光看到了不同，我也认同司马光的意见。他认为，太子丹是荒唐极了，怎么能把一个国家的命运，寄托在七寸长的匕首上？如果荆轲刺成功了，你就胜利了；他要不成功，你就失败了。这不是赌博么？我觉得他的这个观点是正确的。

当代中国的著作，我现在看得很少了，觉得好的还是年轻时候读的书。首先是鲁迅。我之所以喜欢鲁迅，是因为我觉得他是直面地、正面地来看中华民族文化里面的缺点，他有这种勇气，而我们现在都没有这种勇气。一个人或者一个民族，总有他的优点，也有他的缺点。对自己也要这样看，既不是全盘否定一点都要不得，可是也要看到自己的缺点，正视自己的缺点。这个很不容易做到。

另外，年轻时候读的一些武侠小说我现在想来也还觉得有趣。印象最深的是平江不肖生的《江湖奇侠传》。在它之前的传统的《三侠五义》《施公案》这种小说里的侠客不过是能力较大一点，武功较好一点，但到了《江湖奇侠传》，他就把法术加进去了，有点超人的味道。我觉得作者的文笔很好，写得很亲切。比如写黄叶道人得道那一段，我现在都能清楚地回忆起来。

问：您觉得有什么好书可以向读者推荐么？

何兆武：我想首先推荐一本怀特海的《科学与近代世界》。这是一个小本子，是他的讲演集，我觉得这本书非常好，特别前边一部分讲历史的，非常有启发。另外还有克鲁泡特金的《十九世纪俄国文学的理想与现实》，这实际上是一部俄国文学史，我也很欣赏。

中国的，我想蒋方震（蒋百里）的文章还是很值得一读的。他是军事学家，但文章很好。我上中学的时候，看了很多他的杂文，都非常欣赏。还有他翻译日本人朝永三十郎的《近代"我"之自觉史》，也很好，这本书是讲个人觉醒的。在我年轻的时候读到这本书时，仿佛觉得它给开了一个知识的窗户。当时很多名家都在一个叫作《中学生》的杂志上登文章，给学生做启蒙工作。比如顾颉刚、朱光潜等先生刊登的介绍清初三大家和谈美的文章，都让我觉得自己开窍了一样。因为过去不知道这些东西，而经过他们的介绍忽然看到，就等于人家带你逛公园一样。你发现：啊，原来还有这么一片美丽的风景。

另外，我觉得梁启超的书也很值得推荐。他的《清代学术概论》，虽然是挺薄的一本小书，而我当时的知识就全从那里来的。这本书就等于告诉你还有一片花园，还有一片美丽的景致。所以我一直觉得实在是应当给梁启超更高一点的评价。因为有两种人：一种人是真正有创造性的，比如说康德；但还有一种人是宣传家，他的真正的哲学思想或者纯学术贡献可能并不算很高，但是他影响大，比如梁启超，包括胡适也是。其实这些人是给缺乏知识的年轻人开辟了新的园地。

读书就是自己的乐趣

问：您作为一位爱读书的前辈，有哪些读书经验和读书心得可以与我们青年人分享？

何兆武：其实也没有什么，非要说不可的话，我想还是兴趣吧。我其实是没有做一个学者的雄心壮志的。所以很多时候都是像小时候看武侠小说一样，都是好奇，看了书觉得过瘾。也就是说不是很功利地读书，就是自己的一个乐趣，想看，觉得好看。当然也有比如像卢梭的《社会契约论》这些对西方、对世界来说，都是基本读物的书，那是必须看的。就像你是中国人，就必须读一点孔子、孟子，这也是基本读物。

至于读其他的学术著作，就是看它有讲得好的地方对你有启发便是了，不能迷信，不能说它字字都是真理。我想看书应当带着批判的态度看，不能带着读《圣经》的那种宗教信徒的态度来看，书里有的地方是讲得好，可是有的地方，你也不必都同意。你应当带着批判的态度，不然人类就没有进步，都停留在原始那个阶段了。字字是真理，那是一种宗教信仰，而不是求知。

西方文化的精华是民主和科学？

问：您一生致力于引进西方思想的精华，那么您认为西方文化中最值得我们学习的精华是哪些？

何兆武：我想还是近代化的本质：一个是科学、一个是民主。西方文化的精华也就在科学与民主。

科学如果要广义地说，是每个民族都有的，2 + 2 = 4，这就是科学。但近代科学有些不同，它是有系统的、有目的的、有方法的，它是个大工业。这是古代没有的，古代的都是猜测性的。而中国自身的传统没有民主，它有民本，但谈不上现代的民主。中国传统的价值观念，最核心的是忠孝。

我想科学跟民主是有内在联系的，科学只能在民主的条件下才能够发展，专制下就发展不了科学。你看"二战"的时候原子弹是美国造出来的，希特勒原来也想搞，结果没搞出来，可见没有政治上的条件是不行的。不过民主的实现有一个渐进的过程，它需要科学的发展。比如说一个很落后的农业社会，就不太容易有民主。一定要到近代的工业社会，才会出现近代的民主。

问：现在后现代思潮强烈地冲击着中国，您怎么看待它？我们又如何取其精华、去其糟粕？

何兆武：我想中国还没有完全现代化，还是在现代化的过程之中，现在谈中国的后现代化，可能有点早。不过每一个时期总有一个反动、反作用。比如工业化太过分的时候，就有很多人反对工业化。确实，人的追求不仅仅是物质方面的，我们的生活幸福不幸福，不纯粹是物质上的。如果我们近代化、工业化，仅仅把眼光看在物质财富上面，那就不够了。至于如何治疗现代化带来的病症，这个恐怕还需要慢慢地摸索，没有一个现成的药方。

问：中国的自然科学在世界上具有了一定的地位，可是我们文史哲方面的学术，在国际学术界地位不高。您看我们的人文学科应如何在世界上获得发言权？

何兆武：我想还是要多给点学术自由，在学术的领地多给点自由。因为我们过去在学术领域一直是政治挂帅，有些过分，这个不好。现在可以鼓励思想自由，只要不从事职业的政治活动，就不要扣政治帽子。

当然这里面有个人的努力问题，也有整个社会条件问题。如果整个社会条件不允许你做学术研究，你就不可能搞得下去。又比如现在虽然出版的书多了，不过我觉得，市场性太浓厚了一点，学术性少了一点，市场炒作得更大了一点。当然市场化不可避免，不过不要过分地追求经济效益。

另外，我想学术的发展也和我们现在的学术制度有关系。比如说现在要求博士生必须发表几篇论文才能毕业，而你如果去写通俗读物的话，它不算学术著作，那么你就毕不了业。所以现在变成核心刊物掌握你的命运，你要发文章就得给它版面费，这等于花钱买广告。这样就谈不上学术性了，只变成一种市场交易。但是，学术研究很多是长期的，得搞很多年。而政策制度却非要求三年内必须出成果不可，这样就有很大的问题了。再比如说现在的大学教师招聘，第一件事先问是不是博士，不是博士不要。按这个标准，以前的很多人都成不了教授，包括沈从文、华罗庚都不是博士。我不是说博士制度不能要，不过不能搞得这么偏激、这么僵化。

我经历的西南联大民主运动 *

◇ 一个人的一生有幸有不幸，看你选择哪条道路。

关于西南联大的研究已有很多，也出版了不少书，但大多是资料集。比如北大出版社的《西南联大校史》，最后的修订我也参与了，可那本书我也不大满意，因为它都是资料数字，虽然也有用，但毕竟是死的，而真正的历史是要把人的精神写出来。从 1939 年到 1946 年，我在西南联大整整度过了七年，下面要谈我亲身经历的事情，不见得很正确，也不见得和别人的印象一样，但它毕竟是一个活人的感受。

在政治挂帅的日子里，往往特别突出政治斗争的一面。大学不是独立王国，不可能脱离政治，肯定要参与

---

* 本文由作者口述，料峭子撰文，选入本书时，有所删改。

到社会的政治里边去，这是不成问题的。可大学毕竟不是政治团体，并不是把全部的或绝大部分的精力都放在政治上，它最主要的任务还是在学术方面。所以我看有些回忆或者研究西南联大的文章往往会有两个偏颇，一个是过分强调政治斗争，好像这成了大学里最重要的内容；另一个就是尽量淡化政治斗争：既然大家都是校友，都是平等的，就不要强调政治，无论当初是反动的或革命的都不要提。这就像黄埔同学会那样，不管是共产党还是国民党的军官，好像都亲如一家，这也不符合实际。从五四运动，到"一二·九"，到"一二·一"，从来都是两派间的政治斗争，如果完全不提也不适宜。再比如，北大百年校庆的纪念文字中，绝口不提历次"运动"，竟仿佛几十年来北大从不曾经历过任何运动似的，这恐怕也有悖于科学精神。所以我觉得还是实事求是，既不要夸大政治，也不要过分淡化，两个偏向都不好。

一、"打倒孔祥熙！"

民主运动在中国有着悠久而深刻的基础，可以从五四运动算起，五四针对的是北洋军阀，后来国民党来了，主张"一个党、一个主义、一个领袖"，告诫民众："错综复杂之思想必须纠正。"所谓"错综复杂之思想"就包括民主主义、自由主义和马克思主义，他们要"纠正"这些思想，把人们都纳入一个主义，即三民主义之中。国民党对学生进行党化教育，学生就继承五四传统，争取民主，反对国民党的一党专政。当然，民主阵营里边也有左右之分，包括胡适，他应该算是自由主义的右派，也不完全和国民党合作无间，即使后来在台湾，胡适都一直给蒋介石提意见，请他下台，当然下台是不可能的事情。

全面抗战以前，学生运动的中心既不在国都南京，也不在最大的城市上海，而在北京，为什么？我的理解，一个是北京有传统，像五四运动，甚至于再早的公车上书、维新运动，这些新的思潮都从北京发起。二是北京的地理位置比较特殊，日本人压下来，国民党不可能气焰太高，后来国民党撤退了，变为地方势力的控制，而地方势力并不忠实地执行国民党的意图，何况保护反蒋的势力对他们还有利。到了全面抗战的时候，首都从南京搬到重庆，可是学生运动的中心在昆明而不在重庆，也是这两个原因：一个是传统，几个北方的大学都到了昆明，有搞运动的传统；另外一个也是因为地方的特殊势力，国民党的直接统治不那么有力，所以昆明变成了学生运动的中心，而且后来的学生运动规模变得非常之大，成为席卷全国的运动。

民主运动始终没有停止过。国民党只有在 1937 至 1938 年，就是全面抗战的前一两年有点振作的样子，比如在上海打，一直到台儿庄、徐州、武汉，确实都是大规模的战役。可是进入相持阶段以后，战事不那么紧迫了，国民党由于战时统治有利于其专制，也就更加速了腐化，而且腐化的速度像癌细胞的扩散一样，简直没有办法。尤其是在战争的困难时期，物资极度缺乏，贪污腐化更容易，只要你有那个本事，倒腾一点就能发财，于是有的人就开始大发国难财，而且往往是那些有官方背景的，结果贫富差距越来越大，社会矛盾越来越尖锐。所以从 1939 年开始，民主运动又从低潮转向高潮，校园里的一些民主教授，如张奚若、闻一多，本来多少还是拥护国民党政权的，态度开始大幅度转变。

1941 年年底的倒孔运动是由孔祥熙女儿的洋狗引起的，那只不过是个导火线，是个诱因，真正的原因是对国民党政府的强烈不满。1941 年 12 月 7 日，日本偷袭珍珠港，接着就打下了新加坡、中国香港、菲律宾、印尼，不到一个月的时间就横扫东太平洋，真是大出人们意料。国民党一点准备都没有，赶紧派飞机到香港，把一些重要的人物运回来。那天飞机飞回重庆，孔祥熙的女儿带着她的洋狗走下来，被报纸曝了光。因为那时候很多在香港的中国人都没有出来，包括陈寅恪这样国宝级的大师，消息一传出去，大家都义愤填膺，再加上平日积累的不满，结果一哄而起。

记得那天上午就贴出了大字报，中午，我和同学正在宿舍里聊天，忽然听见有人在校园里喊："上街去打倒孔祥熙！"我们就都出来看，呵，果然聚集了很多人。大家马上拿纸写字，然后找个棍子绑上，举着就上街了。后来云南大学的人也出来了，昆明的中学生也出来了，浩浩荡荡，游行规模很大，一路上喊："打倒孔祥熙！""打倒孔祥熙！"其实就是针对蒋政权的，因为孔是蒋的人，当时是行政院院长，相当于现在的国务院总理。游行回来后，大家都挺累的，我还记得一个同学说："啊呀，今天真痛快！今天真痛快！"好像出了一口怨气一样。社会不公正，国难期间民不聊生、非常痛苦，可同时还有人借机发财，这是压在大家心里的一口多年来的怨气。

二、一多先生被刺

到了抗战的后期，1944—1945 年，国民党已经不能够控制舆论了，虽然那时候民众并不了解马列主义，我们在学校里都不曾听说过有"毛泽东思想"一词，但青年学生普遍地反对国民党，要求民主，而且呼声越来越大。所以后来国民党也有个提法，叫作"清明政治"，搞了些民主选举，我记得街道上贴了个榜，写在上面的都是选民，包括冯友兰这些名人都榜上有名，让大家去选举，也算是做出了民主的姿态。不过那东西真是民主吗？我就不相信，我想大家也不相信。民主运动在昆明搞得挺热闹，这和云南地方势力的保护也有关系。当时的云南省政府主席龙云是地方军阀，不属于中央系统，双方总有利害矛盾，所以凡是反蒋的势力，龙云都多少采取保护的态度，凡是反蒋的运动，他虽然不公开鼓励，但也不怎么过问，这在无形中给联大的民主运动造成了一个很好的条件。所以学生运动在云南的七年中始终没有发生过"惨案"，没打死过人，也没怎么镇压，这在蒋统区中很少见。当然这和龙云自己的利益有关，所以抗战刚一胜利，蒋就迫不及待把龙云给"解决"·了。1945 年抗战胜利，国民党派军队接收日本占领区，龙云的滇军被调到北越受降，然后又被调到东北，结果昆明的驻军就留下杜聿明的第五军。一天早晨突然搞了个戒严，把省政府给包围了，所有电话线掐断，请他到重庆去做官。后来第五军和云南地方军队还有过小规模的武装冲突，打了两三天，最后还是派何应钦和宋子文来调解，弄架飞机把龙云送到了重庆，名义上是去做军事参议院的院长，实际是挂个空名而被软禁。后来杜聿明被调到东北，换了关麟徵做云南警备司令，也是蒋的嫡系。国民党夺权以后，云南由蒋直接控制，他是要镇压民主运动的，可是昆明的民主运动并没有停止，还在继续闹，所以紧接着就发生了"一二·一"惨案。

抗战胜利以后，最重要的问题就是内战危机，可是蒋介石处心积虑要打内战，想把共产党消灭了，甚至于把龙云这样不是嫡系的力量也都消灭了。日本是8月15日投降的，此后的几个月里，中国的政治空气非常紧张，民主运动在重庆、昆明都闹得很厉害，后来上海、南京以及北方也都在闹。1945年11月25日晚上，在西南联大草坪上举行了一个会议，反内战，争民主，还请了四位先生讲话，其中有费孝通、钱端升。当时我在宿舍里，离得不远，突然听见重机枪声音大作，"咔咔咔咔"打得非常厉害，仿佛就在耳边上。我记得我的同学说："不好，要出事。"大会当然没法开了，第二天早晨，据官方宣布，说是发现了匪情，他们在"剿匪"，其实大家都知道不是这样，什么土匪，他们就是针对这个大会的，这种借口实在恶拙至极。同学们十分激愤，把上课的钟卸了下来，开始罢课，这就是"一二·一"运动的开始。

这次罢课是最久的，持续了两三个月，学校等于处在停顿的状态。12月1日那天跟军警——其实是穿着便衣的特务——对峙的时候死了四个人，三个学生，一个中学教师。尸体放在大图书馆里，昆明各界人士都来悼念，我和几个同学也去送花圈、送挽联。那时学校的主要领导都不在，梅贻琦飞回北京准备复员，蒋梦麟已辞去北大校长的职务，到重庆做了行政院秘书长，胡适当时是北大校长，但他人在美国，由傅斯年代理。傅斯年刚到昆明时，同学们很欢迎他，学生代表去见他，他也慷慨激昂地说："你们都是我的子女，打死我的学生，就是打死我的子女，不能和他们善罢甘休！"态度还是好的。可是傅斯年基本上站在国民党一边，希望把这个事情了结，并没有可能真正解决问题。不过那种民主斗争是这样，有理、有利、有节，1946年3月17日出殡那天，举行了大规模的游行，全市的学生几乎都参加了，而且社会各界都非常同情，我们转遍了昆明主要的街道，也算是胜利。后来傅斯年回重庆也向蒋介石做了汇报，终于换了警备司令关麟徵。更重要的是，

"一二·一"运动正式揭开了此后三年席卷全国的学运，即毛泽东说的开辟了"第二战场"，国民党政府受到强大的内外夹攻，终于垮台。

刺杀闻一多是1946年夏天的事，李公朴先被刺，闻先生参加追悼会，上去骂了一顿特务，回家路上就被刺死了。当时联大师生陆续北返，大概已经走了一半的样子，我走得比较晚。那天中午我正在屋里和同学聊天，一两点钟的时候听见外面两声枪响，因为那几天气氛紧张，感觉一定出了什么问题，赶紧出去看，只见有人用担架抬着一个人匆匆忙忙走了过去，身上带着血。后来听人讲，说是闻一多被刺，送到云南大学医院去了。我们立即赶到医院，人已经死了，尸体摆在院子里，周围有七八个人，后来陆陆续续来了一些人，神态凝重。云南大学的尚钺先生来了，哭得很伤心，边哭边说："一多，一多，何必呢？"不知他是指"你何必从事民主运动"呢，还是"你何必把生命都付出来"呢，我不太清楚，不过给我的印象很深。

三、一个人的政治底线

新中国成立之前的学生运动，凡游行我都参加，因为像"打倒日本帝国主义"的主张我们当然拥护，但除此以外，别的活动我都不参加，从中学到大学都是如此。自己不是那材料，既不会唱，不会讲演，也不会写文章做宣传。所以实际上我就给自己画了底线：爱国是大家的义务，反对侵略者是国民的天职，游行我参加，回来也是挺兴奋的，宣言里也签名表态，但实际的政治活动我不参加。

我的大姐何兆男（后改名何恺青）在北大读经济系，那时国民党还控制着北京，宪兵13团团长蒋孝先是蒋介石的堂侄孙，时常到学校里抓人，我大姐就被抓起来关了一年，所以她本来应该1936年毕业，结果1938年才毕业。二姐何兆仪读北大化学系，她是地下党，"一二·九"的积极分子，那时候蒋的所谓中央势力撤退了，宪兵13团也走了，情况好一些。1937年抬棺游行她被宋哲元的军队抓起来关了十多天，蒋梦麟校长把他们保出来。可"文革"的时候又说我二姐是美帝特务、苏修特务，弄得她得了神经病，不久就去世了。我的妹妹何炳生（去解放区后改的名字，这在当时是普遍的）1942年入学，联大中文系，也是"一二·一"的积极分子，她和她的爱人萧前1946年年底去了解放区。她在当时的政治生活中受了一些委曲，想不通，自杀了。

姐姐们熟识的那些同学如果继续革命，好多都是名人了，但也有许多人是坎坷一生的。关士聪先生和我姐姐很熟，地质系的，后来是中科院院士，西南联大50周年的时候我在昆明见到他。谈到我姐姐时，我说："一个人贵有自知之明，不是搞政治的材料就别去搞，结果把自己弄成那个样子，有什么好？"他不同意，说："不能那么说，当时都是爱国。"这一点我也承认，当时都是爱国，可自己是不是干政治的材料，得有个判断。你要把政治作为职业的话，就得有长远的眼光，不能仅凭当时的一股热情，毕竟还有很多其他的事情，都是想不到的。

　　（西南联大）42级物理系里有个同学叫李振穆，也是我的中学同学，比我高两班，上大学的时候比我高一班。李振穆学习很不错，而且我知道他是非常进步的，后来才知道他是地下党。1941年皖南事变的时候传闻要抓共产党，学校里有一批进步的学生就都跑了，他也跑了，只念到三年级。我几十年没见过他，他大概也不认得我了。"文革"开始时有一次在党校开斗争大会，我们单位的人都去参加，我也去了，看见台上揪了六个人，这边三个是"三家村"，吴晗、邓拓、廖沫沙，那边三个不大认得，可最后一个李振穆我一眼就认出来了，几十年没见，还是老样子。我不知道他是哪一路的英雄，就问旁边的人，他告我说："这个人是北京市委高教局局长，叫李晨。"这时候我才知道他改了名字。"文革"一开始，凡教育界、文艺界岗位的负责人几乎都被说是"资产阶级司令部"的人，没有不挨斗的，所以那时候我倒没有觉得意外。如果李振穆当年只学他的物理，念完了书也出国，我想他也会是知名的科学家了，又假如是美籍学者，也会被待如上宾，大概不至于被关进牛棚。

我的联大师友 *

◇ 一个人的思想和理论，毕竟首先而且根本上乃是时代现实的产物，而不是前人著作的产物。

◇ 读思想史不但有助于深化自己的思想，而且不了解思想就无以了解一个历史时代的灵魂。

◇ 社会进步的规则（不是指规律 Law，而是指 the rule of the game）本来应是择优汰劣；但有时候历史的现实却反其道而行之，把它最优秀的分子淘汰掉了；这就远非是一个我们这些苟活下来的后死者的道义和伦理的问题了，而更其是一个社会应该怎样进步的问题。

◇ 追求人生的美好，不是化学家的任务，也不是经济学家的任务，但它永远是一个历史学家所不可须臾离弃的天职。

---

* 本文原为《历史理性批判散论》（湖南教育出版社，1994年）书序，选入本书时，有所删改，标题系编者所加。

由幼年到青年时期，正值从九一八、一二·八、七七到二次大战烽火连天的岁月，人类的命运、历史的前途等问题深深吸引了自己，所以终于选择了历史作为专业。不久又对理论感到兴趣，觉得凡是没有上升到理论高度的，就不能称为学问；于是可走的路似乎就只有两途，一是理论的历史，二是历史的理论。其实，刚入大学的青年，对任何专业的性质，根本就谈不上有任何理解。

　　当时教中国通史的是钱穆先生，《国史大纲》就是他讲课的讲稿。和其他大多数老师不同，钱先生讲课总是充满了感情，往往慷慨激越，听者为之动容。据说全面抗战前，钱先生和胡适、陶希圣在北大讲课都是吸引了大批听众的，虽然这个盛况我因尚是个中学生，未能目睹。钱先生讲史有他自己的一套理论体系，加之以他所特有的激情，常常确实是很动人的。不过，我听后总感到他的一些基本论点令我难以折服，主要是因为我以为他那些论点缺乏一番必要的逻辑洗练。至今我只记得，他发挥民主的精义更重要的是在于其精神而不在于其形式，这一点给我留下了很深的印象。

　　陈寅恪先生当时已是名满天下的学术泰斗，使我们初入茅庐（西南联大的校舍是茅草盖的）的新人（freshman）也禁不住要去旁听，一仰风采。陈先生开的是高年级的专业课，新人还没有资格选课。陈先生经常身着一袭布长衫，望之如一位徇徇然的学者，一点看不出是曾经喝过一二十年洋水的人。陈先生授课总是携一布包的书，随时翻检；但他引用材料时却从不真正查阅书籍，都是脱口而出，历历如数家珍。当时虽然震于先生之名，其实对先生的文章一篇也没有读过。翌年先生去香港后（本是取道香港去英国牛津大学讲学的，因战局滞留香港），我才开始读到先生的著作，当然，先生的学问，我只有望洋兴叹，佩服得五体投地；但是我却时常不免感到，越是读它，就越觉得从其中所引征的材料往往得不出来他那些重要的理论观点来。这引导我认为，历史学家的理论并不是从史料或史实之中推导出来的，反倒是历史学家事先所强加于史实之上的前提；也可以说，历史学家乃是人文（历史）世界真正的立法者。或者，用20世纪60年代的术语来表达，即是说历史研究事实上并非是"论从史出"，而是"史从论出"。陈先生自称是"平生为不古不今之学，思想囿于咸丰同治之世，议论近乎湘乡南皮之间"，就典型地代表着新旧文化交替方生方死之际一个学人的矛盾心情，他似乎毕生都在把自己悯时抚事的感伤寄情于自己的学术研究之中，这样就使他的历史观点也像他的诗歌一样，浓厚地染上了一层他自己内心那种感慨深沉的色调。一个人的思想和理论，毕竟首先而且根本上乃是时代现实的产物，而不是前人著作的产物。

陈先生上课堂带书，是备而不用，而雷海宗先生上课则是从不带片纸只字，雷先生从来不看讲稿，他根本就没有稿子，一切的内容都在他的满腹学问之中。我曾整整上过他三门课，我想大概任何一个上过他的课的人都不能不钦佩他对史事记得那么娴熟。那么多的年代、人名、地名、典章制度和事件，他都随口背诵如流。三年之中我记得他只有两次记忆略有不足，一次是他把《格列佛游记》的作者 Jonathan Swift 说成 Dean Swift，另一次是一个波兰人的名字他一时没有想起，不过迟疑了一下，马上就想起来了。雷先生有他自己一套完整的历史理论，脱胎于斯宾格勒，而加以自己的改造。其中主要的一点是他认为每种文化都只有一个生命周期，只有中国文化有两个周期——以公元 383 年淝水之战为界。假如那场战争失败了，中国就极可能会像古罗马文明一样地破灭，而让位给蛮族去开创新的历史和新的文化——他展望着中国历史还会有第三个周期。

1939 年秋的一个夜晚，林同济先生在西南联大昆中南院南天一柱大教室做了一次公开讲演："战国时代的重演"；当场座无虚席，林先生口才也确实是好，全场情绪活跃而热烈。讲完后，大家纷纷提问。记得有一位同学问道，马克思认为历史将由阶级社会进入无阶级社会，重演论对此如何评论？林先生回答说，马克思是个非常聪明的人，但聪明人的话不一定都是正确的，马克思是根据他当时的认识这样说的。此后不久，就在林先生（以及雷先生）的主持下出版了《战国策》杂志。就我所知，当时国外风行一时的地缘政治学（Geopolitics）也是由他们这时介绍进来的，雷先生还做了一次讲演，题目是《大地政治、海洋政治和天空政治》。新中国成立后，战国策派被批判为法西斯理论，其实当时即已有不少人（包括右派）是这样批判它的了。有一次讲演中林先生公开答辩说：有人说我林同济是法西斯，我会是法西斯吗？那次讲演他的大意是说（事隔多年，已记不太清楚，大意或许如此）：古今中外的政治，总是少数领导多数；他是赞成这种意义上的贵族制的。观乎当时英国工党左翼领袖克利普斯（Stafford Cripps）来华在昆明讲演公开抨击当政的张伯伦政府，而那次讲演是由林先生做翻译的[1]；又，新加坡失守后，林先生以公孙展的笔名在《大公报》上写

[1] 林同济先生是政治学家，当然知道 Cripps 的立场和态度。倒是我们这些青年听到一位有名望的公民，居然在战时可以公开向外国人抨击本国的战时政府和领袖（张伯伦当时尚是首相），对英国政治制度有了一些直接的感受。多年以后，我在美国两次遇到大选，双方也是相互猛烈攻击对方的领袖。

了一篇轰动一时的论文《新加坡失守以后的盟国战略问题》，以及"二战"后林先生欧游的通讯（也载在《大公报》上）；法西斯这顶帽子似乎对于林先生并不见得十分合适。即以文化形态学的代表斯宾格勒（汤因比的著作当时尚未完成）而论，也曾被人批为法西斯的理论先驱，其实希特勒要建立的是一个唯我独尊的第三帝国，而斯宾格勒却在宣称西方的没落，也并不很投合纳粹党的胃口。

1941年春，雷先生在云南大学做了一次公开讲演，系统地阐发了他的文化形态史观；讲完以后，主席林同济先生称美这个理论是一场"历史家的浪漫"（他的原文是 The Romance of a Histiorian）。我承认作为一种传奇（Romance）来看待，这个理论确实颇为恢宏壮丽、引人入胜（尤其是它那宏伟的视野和深层的探索），但生物学的方法毕竟不是科学的唯一的方法，更不是历史学的方法。何况雷先生对年代数字的神秘性十分入迷，普遍存在的东西，并不能径直被认同为充分理由。万有引力是普遍存在的，就是在没有人的沙漠里，万有引力也是存在的；但是我们毕竟不能由此结论说，用万有引力就可以充分说明人文的历史。林黛玉伤心时流下眼泪，她的眼泪是朝下流，并不朝上流，这是万有引力在起作用；但用万有引力定律并不能解说林黛玉的多情和感伤。不但物理的规律、生物的规律不能（文化生命周期的观念是搬用生物的规律），就连经济的、社会的规律也不能。人的思想和活动（即历史）当然要受物理的、生物的、经济的、社会的规律所支配，但是任何这类规律或所有这些规律，都不足以充分说明人文现象之所以然。它们分别属于不同的活动层次。凡是企图把历史规律（假如有规律的话）归结为自然的或社会的规律的，都不免犯有上一个世纪实证主义者那种过分简单化的毛病。历史学并不是一门实证的学科，凡是单纯着眼于普遍规律的，可以说对人文现象都不免是未达一间。这是我不能同意雷先生观点的原因。雷先生最多只是描述了历程，但并未能充分解说历史运动的内在机制。及至抗战后期，有几位先生（包括雷先生和冯友兰先生在内）和青年学生之间在政治观点上的差距日愈增大了，这也妨碍了双方在学术思想上进一步地做到同情的理解。

教我们史学方法论的是北大历史系主任姚从吾先生。姚先生讲授内容主要是依据 Bernheim 的《史学方法论》一书，当然也还有一些出自 Lamprecht 和 Langlois，Seignobos 两人的标准课本，但是此外并没有发挥过什么他本人的理论见解。同学们当时的一般印象是，姚先生的学问和讲课都只平平。记得有一个同学曾向我说过：上姚先生的课也曾认真想记点笔记，但是两节课听了下来，只记了不到三行字。本来在我的期待中是极富吸引力的一门课程，却成了一门并无收获可言的课；只因为是必修，才不得不修学分而已。此外，他还教过我们宋史。姚先生在政治上是国民党，后来去台湾任"中央研究院"院士。前些年听说，他在台湾的若干年间做出了不少成绩，当今港台中年一代的骨干历史学者，率多出自姚先生的门墙，有些甚至就是姚先生亲手培养出来的。前些年他死于办公室的书桌之前。这使我联想到另一位哲学系同学殷福生，他原是个极右派，去台湾后（用殷海光的名字）竟成了自由主义的一面旗帜，是港台和海外许多青年学人（现在也都是中年的学术骨干了）的最有号召力的思想导师；后被软禁，死于寓所。甚矣，知人之难也。两位先生的晚境，使我不禁有"从此不敢相天下士"之感。

历史哲学本来是跨史学与哲学之间的一门两栖学问，京剧术语所谓"两门抱"；哲学系的老师们理应有人对此感到兴趣。但当时北大哲学系的先生们大多走哲学史的道路；自己当时的想法总以为哲学史研究不能代替哲学研究，正有如数学史之不能代替数学或物理学史之不能代替物理学。一位物理学家总要研究原子结构，而不能代之以研究留基波或德漠克利特的原子论是怎么讲的，或者《墨经》中有无原子论。历史哲学理所当然地是哲学而不是哲学史。我猜想北大哲学系之走上以哲学史代替哲学的这条路，恐怕与胡适先生之主持文学院有关。对哲学，胡先生"非其所长"（金岳霖先生语），而殷福生在课堂讨论上曾公然指责："胡适这个人，一点哲学都不懂！"（但他到台湾后，在政治上却推崇并接近胡适。）胡先生虽不长于哲学，却是个有"考据癖"的人。由于他是当时学术界的权威（北大、清华、南开三校联合组成西南联大，最初文学院长是他，当时他已去美国，由冯友兰先生代）；北大哲学系走上哲学史的道路，似乎是很自然的；既然不搞哲学，也就没有人搞历史哲学或科学哲学。清华哲学系的先生们大多走逻辑分析的道路，也没有人搞历史哲学，连分析的历史哲学也没有人搞。有一次我问王浩兄为何不读历史，他说他只对 universal（普遍的）感兴趣，而对 particular（特殊的）不感兴趣。这大概可代表清华哲学系的一般心态。冯友兰先生（他是北大出身，在清华任教）的《贞元六书》中，有一些是谈中西历史文化的。但是今天的中青年学者大概已很难体会半个世纪以前的青年们对冯先生的那种反感了：那大抵是因为他过分紧跟当权派的缘故，故而也很少有人认真看待他的哲学（虽说他的《中国哲学史》几乎是文科学生的必读教本）[1]。

　　和冯先生形成对照的是张奚若先生。张先生对冯先生一贯评价不高，有一次讲课时谈到：现在有人在讲"新"理学，看了一看，实在也没什么新。张先生授西方政治思想史和近代政治思想两门课，其实只是一门，19世纪以前归前者，19世纪以后归后者。张先生的学问极好，但极少写什么著作。他的两门课使我自此喜欢上了从前自己不大看得起的思想史，使我感到读思想史不但有助于深化自己的思想，而且不了解思想就无以了解一个历史时代的灵魂。他所指定的必读书之中，有从柏拉图到霍布士、洛克、卢梭等经典著作，也有马克思的《共产党宣言》和列宁的《国家与革命》。这是我最初读到《宣言》（英文本）。因为全书难得，还特地手抄了一份。当时斯大林的《辩证唯物论与历史唯物论》亦已有中文单行本，我读后倒感觉它在很大程度上恰好

---

[1]　冯先生原来曾自命为"新统"，新中国成立后对历次思想运动的自我批判来了一场彻底的全盘自我否定。"文革"期间的经历，众所周知，毋庸赘述。至20世纪80年代初再去美国哥伦比亚大学接受荣誉学位，哥大当局隆重地表彰他的（早已自我否定了的）学术贡献，而他接受时的答辞谈的则是"周虽旧邦，其命维新"云云，似乎双方全然对不上口径，但也照样行礼如仪。晚年的思想又复归真反璞，颇有"语不惊人死不休"之论。中国近代思想史发展之诡谲，当无有逾于此一幕者矣。真正要按照历史本来的面貌去理解历史，又谈何容易！

是它所号称要反对的那种形而上学；至于历史唯物论部分也大抵是描述性的（descriptive），没有讲出其内在的逻辑，所以不足以阐明其普遍的必然性。喜欢上张先生的课，还因为他敢于针对现实，讥评时政。早在全面抗战前，他就以写了《冀察当局不宜以特殊自居》一文，名重一时，《独立评论》也因此受到查禁处分（当时日本正要求"华北特殊化"）。全面抗战时，他任国民参政会参政员，每次去重庆开会归来，都在课堂上有所评论。记得他不止一次说过，现在已经是"民国"了，为什么还要喊"万岁"。有一次讲到自由，他说道：自由这个字样现在不大好听，"当局一听自由两个字，无名火就有三丈高"，刻画当局者的心态，可谓入木三分。他讲到暴力革命论时，沉吟说道，或许暴力是不可避免的；不过，接着他又引 Laski 的话说：Yor are not justified in not trying to do so.（指走议会选举的道路）。

我最初获得较多的有关历史理论的知识，是从噶邦福先生那里。噶先生是白俄，名字是 Ivan J. Gapanovitch，他说他的姓后面原来还有一个"斯基"的，后来取消了。他出身于旧俄的圣彼得堡大学，是世界知名的古代史泰斗 M. Rostovtzeff（1870—1952）的入室弟子，第一次大战时曾应征入伍参过战。革命后 Rostovtzeff 去美国威斯康星大学任教，噶先生本人经历了一番坎坷（他没有向我具体谈过），辗转来到远东的海参崴大学任教，于 1930 年（或前后）来清华大学任西洋古代史教授。此课在当时历史系并非必修，学生甚少，不过寥寥六七个人。我选此课的用意并非是真想学希腊、罗马，而是因为噶先生不能讲中文，是用英语授课，可以借此机会提高自己专业英语的应用能力。但我不久就发见，自己得益的不仅是希腊、罗马，专业英语，也还有历史理论。噶先生写过一部书《历史学的综合方法》（*Synthetic Method in History*），全面抗战前夕完成，次年（1938 年）商务印书馆出版。当时正值兵荒马乱，此书又是用英文写成，虽在国内出版，却迄今不大为人所知。但在近代中国史学史或史学思想史上，仍有一提的价值；它是我国国内出版的第一部这方面的著作。噶先生不大为世所知，他本人也安于寂寞；然而他的思想却极为丰富。这是我后来和他谈话多了，才逐渐领会到的。后一个学年我又选了他的俄国史一课，人数更少，只有三数人，其中还有一位墨西哥的华侨女同学，也是不能讲中文的。噶先生很健谈，可以从克里奥巴特拉的鼻子谈到社会达尔文主义，谈到 Sorokin 的文化周期论。他也评论过雷先生的中国史周期说。噶先生不但是我接触到历史理论与史学理论的启蒙老师，还教导我对西方思想史、文化史的研究方法。

例如，他曾向我推荐，要了解俄罗斯的灵魂，不能只看普希金和屠格涅夫（我是喜欢看屠格涅夫的），还需要看托尔斯泰和陀斯妥也夫斯基。我虽然也喜欢某些托尔斯泰的作品、尤其是老陀，但是由于自己的中国文化背景，始终未能逾越那道不可逾越的难关，即成其为俄罗斯之谜的那种宗教信仰。因此，我们就很难真正窥见俄罗斯民族（或别的民族）的灵魂深处。这正如西方汉学家之研究中国历史文化，资料不可谓不多，功力也不可谓不勤，然而对中国文化的精神却总嫌未能（像鲁迅那样一针见血地）触及要害：噶先生对现实也很敏感，当时是抗战中期，少数人大发横财；噶先生有一次向我感叹说：抗战到底（这是当时的口号），有的人就是一直要抗到你们的底。新中国成立后，噶先生去南美，后去澳大利亚，病逝于澳洲。其女公子噶维达女士现任澳大利亚国立大学汉语教授，经常来中国。1988 年西南联大 50 周年校庆在昆明举行，维达女士还奉噶师母远涉重洋来与盛会，并和当年历史系校友们合影留念。

以上絮絮谈了一些往事，是想就自己的亲身经历从一个侧面回忆当年一个小小的学园里有关史学理论的情况和氛围，再过些年，恐怕知道的人就不会很多了。同时，也如实地谈了自己的感受；这里绝无信口雌黄、不敬师长之意。相反地，我以为如实地谈自己的想法，正是对师长的尊敬。一个导师应该善于启发学生自己的思想，谈出自己的看法，而绝不是要求学生在口头上把自己的话当作字字是真理。

新中国成立以后，我有幸多年在历史研究所参加侯外庐先生的班子，作为他的助手，从而又有机会重新学一点思想史。可惜时间虽长，干扰也多；大部分时间都没有用在正业上，而是被种种国家任务、革命需要、思想改造、劳动锻炼等等的名义挤掉了（难道科学研究就不是国家任务和革命需要吗？）侯先生去世后，不少纪念文章都提到侯外庐学派。这个学派的特色，自非浅学如我者所能窥其堂奥而妄加论列。但我以为以侯先生的博学宏识和体大思精，确实是我国当代一派主要历史学思潮的当之无愧的奠基人。侯先生是一个真正的马克思主义者。我这里所谓真正的马克思主义者并非是说，别人都是假马克思主义者；而是说侯先生是真正力图以马克思本人的思想和路数来理解马克思并研究历史的，而其他大多数历史学家却是以自己的思想和路数来理解马克思并研究历史的。

马克思主义不是中国土生土长的东西，而是一种舶来品。大凡一种外来思想在和本土文化相接触、相影响、相渗透、相结合的过程中，总不免出现两种情况：一种是以本土现状为本位进行改造，但不可能再是纯粹原来的精神和面貌了，另一种则是根据原来的准则加以应用，强调其普遍的有效性，从而保存了原装的纯粹性。前一种史学家往往号称反对西方中心主义，却念念不忘以西方历史作为标准尺度来衡量中国的历史；我以为侯先生是属于后一种历史学家的，这类史家为数较少，却真正能从世界历史的背景和角度来观察中国的历史。（虽然有时也被人说成教条化；20世纪50年代末苏联学术界就有人评论过侯先生以恩格斯《德国农民战争》中的社会分析用之于中国是否妥当？）侯先生的文风有时显得晦涩难解，这或许是由于先生专注于理论的思维而不肯在雕琢文字上多所费力的缘故。先生给我最大的启发是：他总是把一种思想首先而且在根本上看作是一种历史现实的产物，而不单纯是前人思想的产儿；他研究思想史绝不是从思想到思想，更不是把思想当作第一位的东西。这一观点是真正马克思主义的，即存在决定意识而不是意识决定存在。旧时代讲思想史的，总是从理论本身出发，前一个理论家所遗留下来的问题就由后一位理论家来解决；这样就一步一步地把人送上了七重天。新社会有不少人沿着这个方向走得更远了，干脆认为思想是决定一切的。此外，侯先生对辩证法的理解基本上也是马克思主义的（有时虽也不免偏离），即矛盾双方是由对立斗争而达到更高一级的统一；而流行的见解则认为那是一场你死我活的斗争，以光明的一方彻底消灭黑暗的一方而告结束，把辩证法讲成了一种现代版的拜火教。"文革"中侯先生遭遇不幸，仅从理论思维方面看，似乎也理所当然地是在劫难逃。

我自己这一代人是从古典思维方式的训练中出身的。友人郑林生有一次向我谈过，他学物理学是从经典体系入门的，相对论、量子论等等都是后来才学的，所以遇到问题总是先从经典的思路去考虑；只有当想不通的时候，他才想到去用相对论、量子论等等。我想这就好比我们的母语是汉语，我们首先总是用汉语进行思维，只有当实在找不到合适的词句来表达时，我们才想到某些外文词句。我们从少年时代起所学的就是欧氏几何，牛顿力学和纳氏文法（Nesfield 这个名字，今天的青年们大概已经生疏了，当年是人人必读的），那些都简直有如切豆腐干一样地整齐明快而又易于掌握。后来读理论，从笛卡尔到亚当·斯密的古典传统也都具有这种优点，极其明晰易懂，初读即有眼明之乐。但是这种思维方式却也是个很大的包袱，它使人难于理解或接受现代化的思维方式。我对现代化的思想几乎全不理解，而且格格不入；不但对自己是外行的东西（如现代绘画、现代音乐）不能接受，就连有关本行的东西（如现代史学理论）也不能。这就妨碍了自己真正能够仰望现代历史学的高度。一个人的思想和人的自身一样，也是要衰老、僵化而终于被淘汰的。这是不可抗拒的自然规律。一个人应该谦逊地承认自己的局限和缺欠。由于自己习惯于古典的东西，故于当代作家看得极少。但其中也有一些自己是衷心欣赏的，如于中国喜欢鲁迅，于西方喜欢 Maurois，Merezhkovsky，Unamuno 和 Santayana。我喜欢鲁迅对于中华民族的灵魂是那么毫不容情地鞭辟入里，我喜欢 Maurois 以其灵心善感探索人生，喜欢 Merezhkovsky 以其微言大义提示（历史）背后的哲理，喜欢 Santayana 那种以成熟的智慧观察人生（虽然我不懂他的哲学），喜欢 Unamuno 要说那说不出的或不可说的东西。

我时常想：历史学既是科学，又不是科学，既有其科学的一面，又有其非科学的一面。历史研究的对象是人。人是生物人，但又不仅只是生物人；人是经济人和社会人，但又不仅只是经济人和社会人。对于历史研究来说，自然科学和社会科学都是必要的，但都不是充分的。人性不就是生物性的总合，也不就是社会性的总合；人文科学（历史学）本质上不同于自然科学或社会科学。当代各派新史学（如年鉴派）尽管对史学也做出了巨大的贡献，但其缺点正在于把人性单纯地归结为社会性。自然科学或社会科学对它所研究的对象，在价值上是（或至少应该是或可以是）中立的，如一个化学家，对于化学反应的研究，在价值上是中立的。但是人（包括以研究人为自己专业的历史学家）则是有感情、有意志、有愿望、有好恶、有思想、有取舍的活着的人生整体；他不单是观察者，而且同时还是参与者和演出者。而科学家（如经济学家）却不必参与演出（如参与股票交易）。假如一个经济学家以其对股票的分析而引起了股票市场的波动，这时候他就是以历史学家的身份参与演出了。历史学家以自己的研究（如以善善、恶恶、贤贤、贱不肖的说法）而参与了人类史诗的演出。

追求人生的美好，不是化学家的任务，也不是经济学家的任务，但它永远是一个历史学家所不可须臾离弃的天职。很难想象一个不是为追求人生的美好这一崇高的理想所鼓舞的历史学家，能够写出一部真正有价值的历史著作来（但一个科学家却不必）。但愿这或许不是一种奢望：即将来有一天，历史学家能把传统史学的人文理想和价值、自然科学和社会科学的严格纪律和方法、近现代哲人对人性的探微这三者结合起来，使人类最古老的学科（历史学）重新焕发出崭新的光辉来。它将吸收其他各种学科（文学、哲学、自然和社会科学），而又不是任何学科的附庸。它将是一门独立的人文科学，而历史研究所的牌子之上也将不必再缀以"社会科学院"的字样；正有如社会科学如经济研究所、政治研究所之上，不必再缀上一块"历史科学院"的牌子（虽然它们都离不开历史学，但它们并不附属于历史科学）。人文科学与社会科学二者之间不存在隶属或依附的关系。

最后，在自己"终生碌碌"，"愧则有余，悔又无益，诚大无可如何之日"中，写完这篇短序之后，不禁忆及友人中的几位。王浩和郑林生从中学时就是同学，几乎是朝夕相处，度过了最难忘的一段漫长的青年岁月。他们两位的专业，我自己一窍不通。但他们的思路却在日常闲谈中不断深深地启发了我。这说来好像奇怪，但确实就是事实。杨超和我共事多年，又是好友。古人所谓史家四长：德、才、学、识，杨超可以说是当之无愧。在举世滔滔一片咆哮着的人海声中，他仍然尊严地不肯放弃自己的高贵与洁白，最后不惜演出一幕屈原式的悲剧，以身殉之。大概历史和人生最微妙难解的问题莫过于，不以人的意志为转移的规律怎样和人的善良意志相统一了。今天看来，史家四长之中终究须以史德为第一要义，史识次之，才、学又次之。杨超的英年早逝，不禁使我悲伤之余别有感触：社会进步的规则（不是指规律 Law，而是指 the rule of the game）本来应是择优汰劣；但有时候历史的现实却反其道而行之，把它最优秀的分子淘汰掉了；这就远非是一个我们这些苟活下来的后死者的道义和伦理的问题了，而更其是一个社会应该怎样进步的问题。或许，人类历史上伟大的进步就必须要付出这类极其惨痛的但又必不可少的代价，如近代史上划时代的三件大事：资本主义的原始积累，工业革命的农村破产，苏联社会主义的历次肃反。自己有时候就用这种（或许是不能成立的）理由来安慰自己。杨超比我年轻，但在思想上和为学上经常是我的益友而兼良师。

纪念梅贻琦校长 *

◇ 清华起初不是大学，原是留美预备班，成立时间更晚，但在短短的几十年能够做出这么多成绩，能够赶上世界水平是很不容易的。应该说，梅贻琦先生是最大的功臣，他做校长的时间最久，而最大的成绩也是在他做校长的时候做出来的。

◇ 梅先生给人们的印象是，勤勤恳恳，忠于教育事业，他真诚地要把学术办好，要把教育办好。

◇ 梅先生的功绩还有极重要一点，就是他为清华和西南联大引来了一大批顶级学者。这些学者，不仅是中国顶级学者，也是世界顶级学者，像朱自清、闻一多、潘光旦、曾昭抡、陈省身、华罗庚、钱锺书、雷海宗、吴大猷、吴

---

* 本文系《一个时代的斯文：清华校长梅贻琦》（北京：九州出版社，2011）一书《序二》，作者2010年3月25日上午口述，钟秀斌记录撰写，小标题由记录者添加，经作者审阅修改确认。

有训、赵忠尧、叶企孙、王竹溪等等。

◇ 有的人是学者，通过学问做出贡献。有的人是教育家，通过培养出一批人才而做出贡献。像梅先生那样的教育家培养出了一大批科学家，对这个社会所做的贡献绝不小于自己作为一个科学家的贡献。

中国近代高等教育的起步很晚，最早的学校是京师大学堂，戊戌变法时成立的，到现在也不过一百来年。清华起初不是大学，原是留美预备班，成立时间更晚，但在短短的几十年能够做出这么多成绩，能够赶上世界水平是很不容易的。应该说，梅贻琦先生是最大的功臣，他做校长的时间最久，而最大的成绩也是在他做校长的时候做出来的。1925年清华学校成立清华大学，到1937年全面抗战前，只有12年，清华大学已经成为国内一流的大学。

梅先生的功绩还有极重要一点，就是他为清华和西南联大引来了一大批顶级学者。这些学者，不仅是中国顶级学者，也是世界顶级学者，像朱自清、闻一多、潘光旦、曾昭抡、陈省身、华罗庚、钱锺书、雷海宗、吴大猷、吴有训、赵忠尧、叶企孙、王竹溪，等等。一个学校最重要的就是能够吸收一些优秀的学者来。当时这些一流的学者，每个人的个性非常不同，梅先生能把个性不同的学者聚集在一起，相与共事，在这么艰苦的环境当中，使大家齐心协力搞教育，培养学生，梅校长要付出很大的心血，否则是做不到的。

当年清华国学研究院不过四个导师三年多的时间培养了几十个学生，撑起中国国学的半壁江山。当代国学家有一大部分都是从清华国学院走出去的。

有的人是学者，通过学问做出贡献。有的人是教育家，通过培养出一批人才而做出贡献。像梅先生那样的教育家培养出了一大批科学家，对这个社会所做的贡献绝不小于自己作为一个科学家的贡献。西南联大培养出了杨振宁、李政道两位诺贝尔物理学奖得主，美国能源部长、1997年诺贝尔物理学奖得主朱棣文的父母朱汝瑾和李静贞都毕业于清华大学。

梅先生给人们的印象是，勤勤恳恳，忠于教育事业，他真诚地要把学术办好，要把教育办好。1940年春天，中国近代元老教育家蔡元培先生在香港去世，蒋梦麟和梅贻琦两位校长都出席纪念会，纪念会的规模不大，好像不到100人，我也去参加旁听。梅先生在会上强调说，要继承蔡老先生的精神，就要尽心办教育，尽心办学术，继承他兼容并包的精神来建设大学，发展教育和学术。

敬业校长

1937年抗日战争全面爆发后，北京、天津的很多国立大学都搬迁到后方去了，分别在长沙和西安成立了两个临时大学。清华、北大、南开三校搬迁到长沙，成立长沙临时大学。南开原是私立大学，但全面抗战刚一开始，日本空军就轰炸了南开，轰炸以后国民政府就把它改成国立大学。这样清华、北大、南开三个国立大学合组成立长沙临时大学。当时北京还有其他几所大学，如北京师范大学、国立北平大学（许多人不熟悉的国立北平大学是当时最大的大学。民国初年，北京成立了很多高等学校，如北京医科大学、北京农业大学、北京法政大学、北京女子大学、北京工业大学等，这些都是专科大学。国民党北伐后，就把这些大学合并成一个北平大学，分别叫作北平大学女子学院、医学院、农学院、工学院）、天津北洋大学，再加上焦作工学院，几个学校合起来迁到西安就成立西安临时大学。

长沙临时大学由三个校长组成一个校务委员会，三个校长任常委。1938年形势紧张，三校继续南迁到昆明，改名为西南联合大学。当时清华大学因有庚款支持财力较强，物质力量相对较厚。其余两校的经费都是靠政府，所以较穷。我想，三校实力相比大概是５：４：１。

三个校长中，南开校长张伯苓和北大校长蒋梦麟大多时间在重庆参加政府活动，所以在校内的时间不多。尤其是张伯苓先生，我在西南联大待了七年，只见过他一面，他和同学们讲了两次话就走了。所以，联大校务主要是梅先生在主持的，尤其是有一段时间还兼任教务长。梅先生几乎天天都到校长办公室，我们也经常能看到他。许多有关的事，都是他亲自处理的。

我与梅先生有过一次直接接触。有一年，我得了阑尾炎，因病体育课可以不上，免了一个学期。而第二个学期，我也没有上，所以没有分数。可到了毕业时，因缺一学期体育课成绩，不能毕业。那时梅先生兼任教务长，我直接写个呈文给梅兼教务长，说仅差半年体育课成绩而不能毕业，未免可惜，能不能有个变通的办法。梅先生批复说，缺半年体育课成绩是该生自己的原因，命我去找体育部主任马约翰先生商量。我就去找马先生，马先生倒是想了个变通办法，他给我一本关于体育的书，要我看完后写一篇报告，算半年的体育成绩，给我个分数算及格，算是补了体育课。我看完他给的书，写了一份读书报告，马先生给了我一个成绩，这样就可以毕业了。

当时也只是走一个形式，不过这些事情却是梅先生亲自过问的。梅先生几乎每天都来上班，所以我印象比较深，使我深感他的敬业精神是十分可敬佩的。那时候学校每个月有一次全校聚会，叫作国民月会，校长讲一些重要的事情，全校学生都来听。全面抗战前，国民政府要求各机构各学校每星期一上午有一小时聚会，叫纪念周。全面抗战后，改为国民月会，每个月开一次会。梅先生主持国民月会，大多数是讲讲最近一个月的重大事情，不过，有时也请一些人来讲。比如说，有一次请来时任国民政府教育部长的陈立夫。还有一次是英国国会代表团访问中国，到了昆明，梅先生也请他们来讲过话，还有驻美大使顾维钧也讲过话。

沉稳校长

我印象比较深的是，有一段时间，日本人天天来轰炸昆明。1940年夏，法国战败投降。当时越南是法国殖民地，法国一投降，日本马上就占领了越南。日本占领越南后，当时中国没有海军，日本海军就把中国所有的海岸，从天津塘沽到连云港，直到上海、宁波、福州、厦门、广州，通通都封锁了。我们当时和外界的所有联系就都断绝了。当时越南是法国殖民地，越南有条滇越路到昆明。日本人占领越南，这条路也断了。中国与外界联系就只剩下一条从云南通往缅甸的滇缅公路。那时中国落后，不能自给，很多东西还得进口。

日本人占领越南后，就开始轰炸昆明，从1940年夏天到1941年秋天，差不多天天来轰炸昆明。一般是上午九点钟飞机起飞，十点钟昆明就放空袭警报，表示日本飞机要来了，大家要准备疏散。那时候，我们叫作跑警报。在重庆，日本飞机轰炸时，重庆有山洞，可以钻到山洞里去，昆明没有山洞，近郊都是一些小山头，我们就都跑到郊外去。虽然跑不过飞机，但是疏散以后人员损失就会少得多了。放完警报约半个小时后，就会放紧急警报。所谓紧急警报就是表示飞机马上要临头了，这时就要马上躲起来不要动了。昆明近郊没有高山，都是小山，跑起来也快，半个小时能够跑出十里八里路，然后就蹲在野外坟地上。野外都是小山坡，还有许多坟头，如果能在两个坟头中间趴下来，那就比较安全。

我多次看见梅先生和我们一起跑警报，梅先生那时快60岁，他从来不跑，神态非常平静和安详，不失仪容，总是安步当车，手持拐杖，神态稳重，毫不慌张，而且帮助学生疏散，嘱咐大家不要拥挤。我觉得他那安详的神态，等于给同学们一服镇静剂，你看老校长都不慌不忙，我们还慌什么？

有一次非常奇怪，放了警报后，大家就都跑出来。刚出校舍，马上就放紧急警报，并没有平常那样半个小时的缓冲时间，这表示飞机马上临头了，一大群人都挤在一起，实在危险。当时大家一阵大乱，都急着跑，害怕飞机马上临头，那么多人挤在一起一旦一个炸弹扔下来，实在太危险了。梅先生的从容，给我们做出了一个典范。

纯粹校长

西南联大处于国民党统治时期，但在学校里面，国民党的活动并不活跃。当然也有一些教师是国民党党员，包括梅先生本人（所有的大学校长都必须是国民党党员），但梅先生并没有任何党化教育倾向或措施。国民党政府并不允许这么不讲党性而自由办教育。但当时昆明是龙云的地盘，龙云和蒋介石有矛盾。因此，国民党的势力在云南并不是很大。我听说皖南事变后，蒋介石派了一个叫康泽的特务头子，来云南抓共产党。康泽到了云南后，龙云就劝他不要抓，抓了会引起社会动乱。康泽在别的地方抓人，但在昆明没有抓什么人。

在西南联大时，梅先生不干涉学生活动，从来没有不许学生开什么会，或者组织什么活动（无论学术活动，还是政治活动）。特别是联大后期，民主运动高潮时，有几次在学校的广场上集会，闻一多教授在台上什么话都敢讲，但梅先生从没有干涉过。

梅先生和当时胡适之先生在办教育有一致的地方，但并不是不问国是。梅先生曾在国民月会上两次动员学生参军，当时太平洋战争爆发，美国对日宣战，并派空军支援中国。为配合美国军队，需要翻译人员。梅先生就号召联大学生参军，前后参军800多学生，梅先生的公子就是其中之一。在北大、清华、南开三所大学里现在都立有西南联大纪念碑，正面碑文是冯友兰先生撰文、闻一多先生篆额、罗庸书丹，背面刻着参加抗战学生的名字。

我有个姐姐是北大化学系学生。1937年春天，她参加一次游行，被抓了起来。关了两天以后，我父亲就收到当时北大校长蒋梦麟写的一封信说，你的女儿被抓去了，但是请你放心，我一定尽量把她保出来。过了几天，我姐姐果然就被保出来了。那个时代的大学校长都是保护学生的。比如，五四运动期间，政府当局抓了学生，校长就去保。当时有个不成文的规定，即我的孩子送到你的大学学习，你就该负有保护他（她）的责任。

　　梅先生对于参加政治运动而受到当局追究的学生，也像蒋校长一样是尽力保护学生的。

与陈寅恪先生相关的两件事 *

◇ 近年来，人们每每喜欢问："假如鲁迅今天还活着，会怎么样？"我想也同样地可以问：假如闻一多、朱自清还活着，会怎么样？

◇ 成千上万人的咆哮，今天早已成为过去，而唯此盲叟的文字却清音独远，宁不令人萌有"尔曹身与名俱灭，不废江河万古流"之感。

一

陈寅恪先生谢世以后，老友丁于廉学长曾为他的安葬墓地事宜多方出力。日前丁兄寄给我有关材料数页，

---

* 本文原载于《万象》杂志2003年第10—11期。

始得以获悉寅恪先生偕师母终于归葬江西之庐山。从此一代哲人魂归故里，"由时间进入了永恒"；先生的"独立之精神与自由之思想"也必将"共三光而永光"。安葬之日，先生生前所在的中国科学院的院长、清华大学及清华大学校友总会等，亦均来电致敬如仪。

先生原籍江西义宁（今修水），故每自署"义宁陈寅恪"。先生出生于湖南长沙周达武（湘军将领，随骆秉章入蜀）之故宅，时先生祖父陈宝箴任湖南巡抚，锐意革新，湖南一时成为维新运动的重镇。戊戌变法失败，先生随全家被贬回故里，随后曾去宁沪及海外游学多年。20世纪20年代中期先生来清华国学研究院任导师，抗日战争期间漂泊于西南天地之间，战后重返清华园。解放战争时去广州中山大学任教授，直到"文化大革命"中期去世。"文革"批斗中，先生曾被追问何以不肯北上就历史研究所所长之职，先生答云：因惧怕北京寒冷，贪图岭南暖和。然而并未解说何以过去几十年又始终在北京安居，即使战争时期犹念念忧心于"北归端恐待来生"。此处"北归"自然是指北京而非岭南。

改革开放以来，被颠倒了的历史，又重新被颠倒过来，陈先生也被恢复名誉。先生百年诞辰之际，清华大学还开过一次小型的纪念会。

然而，清华校园内塑像纪念者仅有三人，即闻一多、朱自清和吴晗。另外有几位先生的塑像均安置在各系内。

立有纪念碑者一人，即王国维。但此纪念碑尚是王先生辞世后两年即1929年所立。为闻、朱两先生立像，源于最高指示，应毋庸议。不过近年来有关两先生的纪念文字以及影视作品，似乎均有简单化之嫌而未能曲尽近代知识分子的心路历程，如诗人丁尼生（A. Tennyson）所谓的"思想困惑而品行高洁"。思想只有每天都通过更高一级的疑惑，才能达到真正的圣洁，否则就只能是愚蠢（T. S. 艾略特语）。近年来，人们每每喜欢问："假如鲁迅今天还活着，会怎么样？"我想也同样地可以问：假如闻一多、朱自清还活着，会怎么样？对这个问题，我想转述闻先生的老友温德（R. Winter）的话。

温德先生是闻先生的终生挚友，是闻先生介绍他来清华外文系任教的。那是1945年年底，有一次在温德先生家里上课，温德先生谈到闻先生当时满腔热情地投身民主运动，很有感慨地说："他（闻先生）就是一包热情，搞政治可不能单凭一包热情啊！"

至于为吴晗先生立像，大概是由于他在"文革"中遭受迫害的缘故吧。然而"文革"中的无辜受难者数不胜数，即使是在清华人中间亦绝不止吴先生一人。又何以独为吴先生一人立像，似亦难解。以言学术，吴先生的成就与影响恐怕难以与清华的几位导师并驾齐驱。梁启超不但是创建清华的设计师，而尤其是他的文章曾经风靡了整整一个时代，郭沫若在自传中对梁启超曾有颇为中肯的评价，并且谈到他们那一代的青年几乎没有一个人是不曾受到过梁氏的影响的。寅恪先生诗句中亦有"清华学院多英杰，其间新会（梁）称耆哲"之语。连梁启超都没有在清华立像，却何以独为吴晗先生立像？也曾有人提到过应该把陈先生墓和王国维纪念碑并到一处，作为清华园中一组纪念性的标志，这个愿望当然也并未能实现。

冯友兰先生出身于北大，新中国成立后的组织关系又始终在北大。按常理，他去世后所遗书籍应该是捐赠给北大，但他却捐赠给了清华。刘崇鋐先生是老清华的资深教授，后在台湾地区"清华大学"任教多年，但他去世后的遗书也是捐赠给了在北京的清华。两位先生为什么要把自己心爱的遗书不捐赠给自己所属的单位而要捐赠给清华？其故似乎令人颇费猜疑。我猜想那或许是在两位先生平生的经历里，只有当年在清华园内的一段岁月是他们感到最为幸福或惬意的生活吧。寅恪先生的一生曾在清华园内度过许多岁月，那是他春秋正富、思想成熟和成果最为丰硕的时期。有理由可以推想，在清华园的岁月大概也是他平生最感到满意的时期吧。当然，最后魂归故里也应该足以告慰先生的在天之灵。不过作为一个清华人，总多少会感到清华园内少了陈先生的立像，未免是清华历史上的一桩憾事。

二

陈先生毕生从来未涉足任何实际的政治活动。先生的尊人诗人陈三立先生自戊戌维新失败后即不再参与政治活动，曾有名句云："凭栏一片风云意，来作神州袖手人。"而寅恪先生则对政坛上之风云诡谲，从来更是敬而远之。不过事实上这就是所谓不以人的意志为转移了。当时有一个小道传说，是说先生于1949年去岭南时曾自嘲云：我不是不食周粟，而是我有胃病吃不来高粱米。

1940年陈先生去香港时，教我们西洋史的皮名举（晚清经学大师皮锡瑞之孙）教授在课堂上说，陈先生去牛津是讲中国文化的，可是陈先生有胃病，不能吃米饭，只能吃面包，这可不是中国文化了。新中国成立后，陈先生在岭南也还是一直"吃着人民的小米"，或许以上的传说非虚。其后在"文革"中，先生自亦难逃厄运，终于憔悴以死。下面想提到当代史上一场重大的政治运动，而先生无意之中却在其间扮演了一个（虽然并不是唯一的）催化剂的角色。再过些年，这件事恐怕就会被人淡忘了。

"一二·九"运动是现代史上一幕重大的抗日救国运动，全民族抗日战争的思想序幕由此正式揭开。1935年底至1937年春，北平学生先后进行过四次抗日示威游行。及至1937年夏抗日战争全面爆发，红军随即改番号为八路军北上抗日，举国一致形成了抗日民族统一战线，学生运动的方向也随之转移，以往带有浓厚内争色彩的学生运动遂转入低调。及至1939年以后，前线大规模战斗进入僵持阶段，内部矛盾又渐行激化，青年学生中间对政治腐败的不满情绪又逐步高涨。而矛头针对当局的学生民主运动，似应以1941年年底的"倒孔运动"为其正式揭幕的标志。

全面抗战之前，国民政府的首都在南京，而学生运动的中心则在北平。这是因为：一则北平有着深厚而悠久的学生运动传统；二则北平所处地位较为特殊，地处日本兵临城下的前线（当时日本高唱的"华北特殊化"，力图建立一个亲日的傀儡政权），而南京政府无力直接进行有效的控制。及至全面抗战期间，沿海地区大部沦敌，国民政府的政权中心在重庆，而当时学生运动的中心则在昆明。这是由于：一则从来就有着深厚的学运传统的北方学府重镇北大、清华、南开合并为西南联大，地处昆明；二则云南地方当局与中枢素有矛盾，故对学运所采取的态度颇为宽松，从未发生过任何"惨案"。随后，在解放战争期间，学生运动遍及全国，如火如荼，对于旧政权的统治起了极其巨大的瓦解作用，曾被誉为"第二条战线"。国民党的失败不仅是由于前线军事的失败，也由于其后方社会的崩溃。这一声势浩大的学生运动，可以看作是由1941年年底的学生运动揭开了序幕的。

1941年12月7日，日本偷袭珍珠港，太平洋战争由此爆发，英美被日本打了个措手不及，短短的数周之内，日本就席卷了太平洋东部的整个东南亚，英国驻新加坡的主力舰威尔斯亲王号被炸沉，12月25日驻港英军向日军投降，香港遂沦入日军之手。陈先生于1940年应英国牛津大学讲座教授之聘，已赴香港，准备转赴英国，但由于当时战局逆转，法国溃败并于1940年6月22日投降，英国岌岌可危，陈先生遂滞留于香港，在香港大学任教。及至香港即将沦陷，国民政府遂派飞机赴香港，抢运在港的中方人士。但在当时有许多中国名人尚未被抢运回后方之际，却爆发了一大新闻，那就是孔祥熙女儿孔二小姐返回重庆下飞机时，还赫然带着她的洋狗。这一新闻立即不胫而走，引起群情大哗。次日上午，西南联大的墙上就张贴了许多大字报揭发此事。而且大家都知道陈先生此时身陷敌中，尚未脱险。这就更加给群情愤慨的火上加了油：难道我们的国宝还不如贵妇人的一条狗？当天下午校园里就有人高喊口号要上街去示威游行，打倒孔祥熙。一呼之下，马上就聚集了大批队伍上了街，浩浩荡荡一路高呼打倒孔祥熙的口号。仿佛大家都出了一口长期以来被压抑的怨气。还记得游行归来有位同学兴奋不已地说：今天真痛快，真痛快。"倒孔游行"仅此一次，但它引发了沉寂已久的学生运动，使之从此再度蓬勃展开。随后两三年间民主运动逐步成燎原之势，终于至1945年底爆发了"一二·一"运动，它成为此后三年多声势浩大席卷全国的学生运动正式登场的第一声春雷。

陈先生毕生从未直接参与现实的政治活动，但现代史上规模浩大的学生民主运动以"倒孔游行"揭开其序幕，而陈先生却无意之中以自身的遭遇而成为其中的导火线之一。先生尊人三立先生晚年在敌人占领下的北平绝食而死，表现了崇高的爱国气节。陈先生本人中岁身陷敌中，不顾颠沛流离，间关逃出香港的途中亦曾有诗云"万国兵戈一叶舟，故丘归死不夷犹"，爱国之心同样地跃然纸上。及至晚岁先生又一再受到"拔白旗"的批判，成为史学界理所当然的头号箭靶，最后则在"文革"中备受屈辱以终。然而近年来神州大陆却又涌现出一片"陈寅恪热"的大潮，这恐怕也是陈先生本人生前始料之所未及的。"人间正道是沧桑"。成千上万人的咆哮，今天早已成为过去，而唯此盲叟的文字却清音独远，宁不令人萌有"尔曹身与名俱灭，不废江河万古流"之感。

回忆吴雨僧师片段[*]

◇ 学识好就外语好，外语好就是口语好，口语好就是发音好；这一流俗的以言取人的偏见自昔已然，于今尤烈，却不知误了天下多少苍生。

◇ 18、19世纪之交，德国面临着政治分裂，经济落后，在异族侵略的铁蹄之下山河破碎；而德国的哲人和才士却执着于去追求那种玄之又玄、脱离现实的诗歌、乐曲和哲学理论。一个社会的优越性不仅仅表现在它的物质生活上，也表现在它的精神生活上。当时的德国民族就在精神生活上大放异彩而表现出令人叹止的优越性。

◇ 尤其在一个烽火连天的年代，还能有一批青年人专心致志地探讨思想和学术的真理，至少在西南联大的校史上，也是一阕难忘的插曲。

◇ 文化中的精华与糟粕，往往是互相转化的，其间并不

* 本文刊在《吴宓先生纪念文集》一书（西安：陕西教育出版社，1989）。

存在一道永恒的、不可逾越的鸿沟。神奇可以化为腐朽，腐朽也可以化为神奇。那全赖我们如何去加以领会、吸收和运用。

◇　每一种历史文化传统之中，总有一些成分是有价值的，应该作为人类的共同财富而加以继承和发扬光大；又总有某些成分是过了时的，乃至已经成了前进的阻力的，就不能不加以摒弃了。

一

早在抗日战争全面爆发以前，自己还是在北平（京）师范大学附中做中学生的时候，就知道清华园里有位大名鼎鼎的吴宓先生，是号称"情圣"的。可惜当时自己太小，还无缘亲聆教诲，只有每逢假日和同学骑车去西山游玩的途中，遥遥望园兴叹。

第一次瞻仰先生的风采，是1939年秋入西南联合大学做学生，在昆中南院的一间教室里听先生讲《欧洲文学史》。我不是外文系的学生，听文学史的课纯粹是出于个人兴趣，有似北京观众们所说的"听蹭"。当时这类的自由旁听是校园内的一种风气；据说当年老北大有很多外面来听课的人，并非正式学生，从远地来到沙滩租一间公寓住了下来，一听就是一年两年。另一位陕西籍老师张奚若先生的两门课《西方政治思想史》和《现代西方政治思想》，我也是在两年时间里从头到尾旁听了下来的。

对吴先生的初次印象，倒不是先生讲授的内容，而是他那发音。他的英文发音实在不怎么好，夹杂着浓重的乡音；吴先生是哈佛大学出身，有名的哈佛标准英语，发音竟然如此，不免有点暗自惊异。只是到了后来才逐渐体会到，一个人的学识和他的发音是风马牛不相及的两回事。吴先生的挚友陈寅恪老师是当代学术界的泰斗，但连他那中文的发音，实在也是远不够标准的。学识好就外语好，外语好就是口语好，口语好就是发音好；这一流俗的以言取人的偏见自昔已然，于今尤烈，却不知误了天下多少苍生。其实，吴先生是很重视学生的基本训练的。学生选课，他总是要学生先选语音学，把基础先打好。在课堂上，他也屡次指出我们中文基础不够——我们一代人和吴先生一代人的文化背景不同，吴先生一代人是从旧学发蒙的，所以旧学根底都非常之好；我们一代人所受的已是新式教育，从小是文、史、地、数、理、化、音、体、劳一起都上，所以就没有老一辈那种深厚的旧学基础了。先生要我们从文字学入手，并特别推荐吴契宁的《实用文字学》一书，要我们认真阅读。对细微处，吴先生是很认真的。有一次他指责我们说："英国小说家 Thackeray 不是 Thackery，你们总是把词尾的 -ray 写成 -ry。"又一次，先生摇头感叹地说：林语堂写了一篇小说，名字叫《风声鹤泪》；大家都知道，淝水之战谢玄击破苻坚，八公山上"风声鹤唳，草木皆兵"；鹤还会流眼泪（The Tears of the Storks）？每次考试，先生必定有一道题目是要学生默写出自己所能背诵的最长的一篇诗文，并且往往还有一道题目是评论一部文学名著。大都意在强调学生的基本功。

二

1939 年秋，同学们请吴先生在昆中北院做过一次公开讲演，先生选的题目是《我的人生观》。这是先生在昆明的几年中少数几次公开讲演之一（另有一或两次是讲《红楼梦》）。先生以非常诚恳的语调把自己的人生观归结为四个字：殉情、殉道。应该说，先生这次所讲的内容在当时的时代气氛下，显得多少有点不合时宜；但是这一点正足以见先生对文化深层意义的追求那种锲而不舍的精神。今天回顾起来，这同样是一个民族文化所不可或缺的东西。18、19世纪之交，德国面临着政治分裂，经济落后，在异族侵略的铁蹄之下山河破碎；而德国的哲人和才士却执着于去追求那种玄之又玄、脱离现实的诗歌、乐曲和哲学理论。一个社会的优越性不仅仅表现在它的物质生活上，也表现在它的精神生活上。当时的德国民族就在精神生活上大放异彩而表现出令人叹止的优越性。先生的这种精神也贯穿在他常年讲授的课程里。那时候，先生每年都开两门课，一门是《欧洲文学史》，为必修课；另一门是选修课，课程名称每年不同。1942年我听课的那年，先生开的选修课程是《文学与人生》。先生自己说，课程名称虽变，但思想是一贯的。选修课的内容，也就是广义的"我的人生观"。先生博古通今，学贯中西，讲起课来旁征博引，信手拈来，都成妙谛。但我的印象，主要内容是三个方面：一为先生所服膺的柏拉图哲学（柏拉图对话录的最早中译本，就是在先生指导下进行的），一为先生所热爱的《红楼梦》，一为先生平素喜欢以理论联系实际的方式所阐发的人生哲学的精义。

先生是熟读中国小说的，掌故之熟，一时无两。有一次谈到吴沃尧，先生就顺口解释说，吴沃尧自署"我佛山人"，大家都以为他是"我佛""山人"，其实他是广东佛山人，故而自称"我""佛山人"。当时金岳霖老师亦以博览小说闻名。记得有一次金先生讲演，题目是《小说与哲学》，系应北京大学文科研究所之邀，由罗常培老师主持。罗先生介绍金先生时说：金先生所读的西洋小说之多，不下于吴先生所读的中国小说。可见两位先生在同侪人心目中的地位。先生还有一次说及，当年在清华做学生时，他曾和汤用彤先生两人合撰过一部小说，书中主人公的籍贯是贵州修文，因为他们觉得修文这两个字非常好。在课堂上谈论《红楼梦》时，先生对书中的全部诗词都能脱口而出，背诵如流，这时候听者也觉得自己仿佛是沉浸在其中；那真可以说是一场精神的享受。不仅古今中外的名著，就连一些流行的通俗小说，如张恨水的《春明外史》《金粉世家》等，他也熟读。有一次他曾提到，《金粉世家》是仿《红楼梦》的，所记为钱能训（浙江嘉善人，北洋时期曾任国务总理）家事。张恨水是鸳鸯蝴蝶派，按一般看法，是不能登学院讲坛的。于此可见先生的眼界之广与识见之卓，他从没有（如人们想象的）把自己局限于所谓士大夫的狭小天地里（我以为陈寅恪先生也是如此）。

先生改造了柏拉图哲学，其要旨是把世界分成两个：一个先生名之为 The World of Truth，另一个则名之为 Vanity Fair（均为先生的原文）；真、善、美必须求之于前者，而名利场中人则执迷于后者。先生即以此两个世界的学说来解说古今中外文学作品的义谛。例如，贾宝玉一流就是属于前一个世界的，而王熙凤一流则是属于后一个世界的。先生曾撰有一篇长文，发挥此义，载在当时的《旅行》杂志上，还亲笔写了一则广告张贴在校园的墙壁上。先生讲《红楼梦》，要求每个同学都写出自己的心得，集中放在图书馆里面，供大家借阅，相互交流。至今我还记得其中两篇的大意。一篇是评论探春的，认为作者把探春作为一个正面形象，着意描写，过于美化；其实探春对于自己生身母亲赵姨娘采取那么鄙薄而苛刻的态度，是叫人无法同情的。一篇是说，宝玉并非用情不专，事实是宝钗所要求于宝玉的是一套世俗的东西，宝玉也报之以一套世俗的名利；黛玉所要求于宝玉的是崇高的爱情，宝玉也报之以崇高的爱情。在先生的领导之下，实际上（虽然不是在组织形式上）形成了一个红学会和红学专刊。尤其在一个烽火连天的年代，还能有一批青年人专心致志地探讨思想和学术的真理，至少在西南联大的校史上，也是一阕难忘的插曲。

当代讲红学的，大抵似可分为三派。一派是义理派，由王国维先生《红楼梦评论》发其端，而先生继之，旨在从中寻找人生的哲理。一派是索隐派，以蔡元培先生《红楼梦索隐》为鼻祖，下讫"四人帮"红学所谓的"阶级斗争的教科书"论，都是根据现实政治的需要，从中寻找微言大义，硬把自己的政治意图强加于古人。一派是考据派，以胡适先生的《红楼梦考证》为先河。平心而论，胡文对于《红楼梦》的研究，功不可没。随后，俞平伯先生的《红楼梦辨》又别开生面，拓展疆域，其贡献也是不能一笔抹杀的。然而无可讳言的是，自哙而下，考据派的路子却越走越狭隘，由自我作茧驯致走火入魔，把红学弄成了曹学，支离破碎、烦琐不堪且又言不及义。曹雪芹之所以重要、之所以有价值，在于他写了一部不朽的艺术品；现在撇开这部不朽的艺术品的价值不顾，而一味捕风捉影，专门去考据一些与红学毫无关系的私人起居注，终至沦于"演丹麦王子而不要哈姆雷特"的魔障。今后红学的发展，恐怕需要某些红学家对自己工作的方向和方法乃至价值观首先进行一番必要的自我批判。义理派是要求对《红楼梦》这部不朽的艺术品做出思想理论上的理解和评价的；因此，考据派对于义理派似乎应该给予更多的重视，包括吴先生（和他当年教导的那批青年学生）的贡献在内。惜乎当年先生指导之下以手抄形式流传的许多篇习作文章，历经离乱，如今恐怕是都已荡然无存了。

三

　　先生是率真的人，是诚挚的人，在他身上没有丝毫言行不符或虚假造作的痕迹。先生不吸烟，室内便赫然贴有一张"请勿吸烟"的告示。先生平生的恋爱事迹是大家耳熟能详的，先生自己亦从不隐讳。有一次讲诗，先生说到诗有以含蓄为佳者，但亦有直抒胸臆者，随即各举数例。而后者的例子之一，就是先生自己的《诗集》中的"吴宓苦恋毛彦文，三洲人士共知闻"；先生之率真有如此者。一次讲红学，一个同学问道：听说当年清华园内，先生以妙玉自况，不知有无其事？同学为之哄堂。先生从容答道：妙玉和大观园内其他的女孩子们是同样的年轻、热情而又才华横溢，为什么她就没有权利去追求自己的理想和幸福呢？有一桩小事是大家当年都知道的：昆明文林街开了一家小饭馆，取名"潇湘馆"，先生大不以为然，前去说服，饭馆终于改名为"潇湘食堂"。另有一桩小事，大概是很多人不知道的了：当时有位同学为了感情问题很苦恼，遂写了一封信给先生，说明自己思想的苦闷，请求先生指教。先生立即以极其工整的墨迹写了一封回信说：请把我看作是一个虔诚的宗教徒，请信任我，有什么痛苦请尽情告诉我。这位同学果然去请教了先生，并从先生那里得到不少教益和安慰。为学和为人，在先生乃是一回事。先生生平不求闻达，在学院的圈子之外，亦无籍籍之名；而学生遇到困难时，却把先生看作真正是自己的导师和引路人。先生毕生执教，桃李满天下，其间人才辈出，不少都是蜚声海内外的学者，如钱锺书、李赋宁诸位先生，我想他们受益于先生的风格者，恐怕并不亚于受益于先生的学问。

先生不但是学人，而且是诗人，是至性中人。有一次上课，先生说到前一天曾和沈有鼎先生相与讨论，说到沈先生是真性情中人；又说道：假如要沈先生和我（先生自称）去搞政治，去做官，那真会叫我们痛苦死了。接着，先生就把前一天两人的讨论内容画了一张七级浮屠式的图，把对权力的追逐放在最下层，以上各层依次是对物质的追求、对荣誉的追求、对真理的追求、对艺术创作的追求。他说，沈先生看了以后提出，应该把宗教置于顶层。先生自己非常欣赏沈先生的这一补充，说话时流露出一种深沉的欣慰。先生是那么执着认真，又是那么易于动情；有一次看到一匹马负重倒毙在路旁，不禁唏嘘地对我们说："我觉得我自己就是那匹忍辱负重的马。"

关于先生的天真和诚挚，我的记忆里还保留着几件事。一次先生说到，学校里应该把教师授课当成隆重的大事，他曾建议教师应该穿上大礼服以昭郑重，但终以格于舆论，未能实现，他很引为憾事。又一件事是，先生曾经不止一次提到，他自己任清华国学研究院主任时，聘请了梁启超、王国维、陈寅恪、赵元任几位大师担任导师，学生不多，却大都已卓然成家，这是他最感欣慰而引以为荣的事。先生说这话时的神情，就像一个小孩子那样的得意，使人深深感到"诗人者，不失其赤子之心者也"。还有一件是对我个人的事，那是先生离去昆明的前夕，在百忙之中还曾亲手为我做研究生的课程细心拟订了一个读书计划和一份书目，使我终生难忘。

四

1944 年秋，先生终于离开了自己求学和任教长达三十年之久的母校清华大学（西南联大），其中原委之一是由于和系主任陈福田先生之间闹矛盾。这里面固然有两人性格、思想和作风上的分歧，然而或许更多的是出于两人文化背景的熏陶不同的缘故。吴先生是一个深厚的古典主义者而兼人文主义者（当然，也是浪漫主义者），屡屡称颂他所敬仰的两位业师白璧德（Irving

Babbitt）和黄晦闻，这在当代是很罕见的，也是与陈先生迥然不同之处（陈先生是由美国归国的华侨）。甚至于吴先生讲浪漫诗人时，也偏爱拜伦，和我们学生一辈之偏爱雪莱或济慈者，就颇有差距。因之，先生有时候就显得与世寡和，这也是意料之中的。

谈到这里，似乎应该提一下与先生一生颇为有关的《学衡》。这桩公案迄今已近70年，似乎是应该做出历史评价的时候了。《学衡》的学术立场和文化立场是众所周知的。如果把学术等同于政治，虽然貌似简单，实际上倒把问题弄复杂了。反之，如果把学术和政治截然分开，则又把问题简单化了。困难的是：学术既不能等同于政治，而又是不可能和政治截然分开的。二者不是一回事，而二者又总是交相影响的。尤为困难的是：文化中的精华与糟粕，往往是互相转化的，其间并不存在一道永恒的、不可逾越的鸿沟。神奇可以化为腐朽，腐朽也可以化为神奇。那全赖我们如何去加以领会、吸收和运用。在18世纪的法国，无神论曾经是民主革命理论来源的一个重要组成部分；而在《红楼梦》里，无神论却是王熙凤弄权铁槛寺贪污受贿的理论基础。20世纪50年代汤用彤先生写过一篇文章，自我思想检查，曾提到当年他参加《学衡》是一个错误。现在又已为时30多年，我们是否也应该站到更高的一个层次上来观察这个问题呢？

　　每一种历史文化传统之中，总有一些成分是有价值的，应该作为人类的共同财富而加以继承和发扬光大；又总有某些成分是过了时的，乃至已经成了前进的阻力的，就不能不加以摒弃了。总有些人会倾向于肯定得多一些，而否定得少一些；又总有些人会倾向于否定得多一些，而肯定得少一些。这本来是很自然的、很正常的事。不过，在一个剧烈变动的时代里，这种现象往往会表现得格外突出，而且采取激烈论战的形式。法国大革命是近代史上影响最为巨大的事变，而当时的柏克就反对革命的破坏行为。他认为历史文化是人类智慧历代努力的结晶，任何人都无权以革命的名义一笔抹杀这份珍贵的遗产。今天看来，柏克的论点也并非全无可取。

　　《学衡》反对白话文，这无疑是个很大的错误，因而曾被鲁迅先生讥为其行文言必称"英吉之利，法兰之西"。汤先生思想检讨中也提到过，这种文风是由于他欣赏传统士大夫的情调所致。或许是如此，然而文体或文风之争，终究还只是个形式，而过去人们较为看重的，却大多在这一方面。但另外那更为重要的方面，即《学衡》所宣扬的文化论点究竟应该如何评价，至今似乎尚没有进行过认真的、深入的研究和评论。无论如何，人类认识的进步、思想文化的繁荣，总是要通过各种不同见解的交锋而促成的，定于一尊就不免要引向僵化和停滞。不同意见的争鸣，总比一言堂要好。诗人哲学家居友（M. J. Guyau）曾在一个多世纪以前就说过：人类的文明需要有千万只眼睛、千万只耳朵，才能适应事物发展的无限繁复性。一个百花齐放、百家争鸣的繁荣局面，是不是也应该包括给予已经成为历史的各家各派以一席合法的地位呢？吴先生生平的业绩固然远远不止于《学衡》一端；但其他各端大抵上应该是受到高度评价的，不致有什么分歧的意见了，唯独《学衡》仍然给今天的研究者留下了一项课题。假如能有人对当年《学衡》与当时思想文化的关系做出进一步的研究，这项工作应不失为对先生一种最好的纪念。这个研究应该是实事求是的，即使是这段历史应予全盘否定，也无损于先生的高风亮节。毕竟，先生是一个真实的人，是诗人，是学人，而不是一个虚假的完人、圣人。

五

最后，补充有关先生的两件小事，作为尾声。

1943年我即将毕业时，尚缺体育课一学期未修，请示了梅校长，梅校长要我去找体育主任马约翰老师商量。马先生向我说："体育不及格也是不能毕业的；吴宓是大教授了，当年在我的体育课上跳远不及格，就不能毕业。"我只知道有一次闹学潮，学校开除了一批学生；后来学生们都写了悔过书，又复了学，吴先生也在内。当时唯有先生的好友白屋诗人吴芳吉不肯写悔过书，便失去了学籍。但我不知道先生有因体育不及格而不能毕业的事。既然此事是马先生亲口向我说的，想来不致有误。而按规定，不毕业是不能出国的。研究吴先生传记的同志们可以核实一下，吴先生有没有毕业，或是推迟毕业，或是以什么别的方式毕了业（我是写一篇读书报告，代替一学期的体育课，由马先生批准的）。

吴先生与贺麟先生几十年来谊兼师友。1981（或1982）年我去看望贺先生，贺先生谈起：有一个夜里，他梦见了吴雨僧（贺先生是这样称呼吴先生的），醒来觉得很奇怪，怎么多年不见，故人忽然又入梦来，后来才知道吴雨僧就是在第二天逝世的。

今年是先生诞辰96周年，有关各界在西安召开纪念会，爰草此篇以为纪念，并志哀思。

回忆傅斯年先生二三事

◇ 一般的历史学家们看问题往往只停留在社会分析的层次上，而绝少论及作为历史主体的人的心灵深处，所以往往是未达一间而功亏一篑。

◇ 一切炫人眼目，都只不过是一片过眼云烟，唯有真正的精金美玉才为后世所宝。

2004 年，我们将在傅斯年（孟真）先生的故乡聊城，纪念 20 世纪我国这位著名的历史学家和政治活动家、五四运动的领袖之一。

五四运动时，傅先生还是北京大学的学生，就表现了他那深厚的学养和卓越的领导、组织才能。当时他所主编的《新潮》杂志，蔚为五四时期最有影响的刊物之一。该刊的外文刊名叫作 Renaissance（文艺复兴），正好象征五四运动的巨大历史意义。它正式揭开了我国由传统从此大踏步而又不可逆转地进入近代化在思想上和文化上的序幕，其历史意义恰相当于西方的文艺复兴运动。傅斯年的名字也理所当然地成为五四运动中一个极为响亮的名字。"五四"以后，傅斯年先生去德国留学，受到当时仍处于兰克学派强大影响之下的德国历史学派的影响，以史料翔实、考订精赅为其特色。回国后，傅斯年先生在北大任教，提出了历史学即史料学的口号。这条路线曾受到不少人的非难。不过，傅先生的本意似乎并非就是历史学止步于史料，而是主张历史学应该由史料出发，也就是说，没有材料就谈不到历史研究。这和他的老师与终生挚友胡适先生的"有一分材料说一分话"是一脉相传的。后来，尤其是新中国成立后，它为我国广大的历史学界所诟病，这是众所周知的，无待赘述。他一系列的主要名文如《性命古训辨证》《夷夏东西说》等，奠定了他在史学界的声誉和地位。是以中央研究院（中国科学院前身，第一任院长为蔡元培）成立后，即由傅先生出任历史语言研究所所长。历史学与语言学合在一起，亦足以见傅先生学术路线与德国学派的渊源。史语所原设在北京（北平），后迁至南京，同时傅先生仍兼任北京大学文科研究所所长。据已故谢国桢先生语我，当时南方的史学界大多出自柳诒徵先生的门墙，与傅先生渊源不深，所以傅先生特别介绍谢先生去南京中央大学任教。不意谢先生去南京后与柳门的弟子们关系很融洽，似乎颇有负于傅先生的重托。

1937年抗日战争全面爆发，次岁成立了国民参政会。政府迁到重庆后，傅先生以参政员的身份曾在会上猛烈地抨击孔、宋豪门，博得了"大炮"的声誉，为一时物望所归。但先生的主要职务仍然是史语所和北大文科研究所所长。史语所在四川重庆，北大文科研究所在昆明。因为躲避敌人轰炸，文科研究所疏散至乡间岗头村，副所长是郑天挺先生。当时有一个流传的笑话是说：每当有人来文研所访问，守门的那位老司阍就一定会问：您是找正所长，还是找副所长？接着就解释说：正所长是傅（副）所长，副所长是郑（正）所长。当时傅先生已不授课，也极少向同学做讲演。我只记得有一次他向同学做的公开讲演，主席似是梅贻琦校长，地点在大图书馆前的草坪前，时间是1940年年初，汪精卫公开叛国投敌后不久。他那次讲的内容就是汪精卫何以叛国投敌。出乎我们听众意料的是，他并没有做一番政治分析，而是做了一番心理分析——而且是一番弗洛伊德式的心理分析。那次讲话的内容大意是：汪本人正值翩翩少年时，却被富婆陈璧君以金钱、权势和婚姻牢牢控制着，而且从此控制了他一生，因而造成了他心理上极大的扭曲。这种情结（complex 傅先生称之为"疙瘩"）使汪终其一生受到压抑而得不到满足，于是就形成了他极为扭曲的心理状态，以及他一生人格上和心理上的变态，从而表现为从事各种极端的政治上反复无常的投机和赌博。讲演的结束语就是傅先生笑着向我们这些青年学生们说：所以我奉劝你们将来千万不要东风压倒西风，也不要西风压倒东风。这就是他那次讲话的主旨和结论。我想大多数同学是不认同的。像这样叛国投敌、组织伪政权、甘当儿皇帝的大事，恐怕是不能够单纯用被压抑的原始本能来解说的，而应该是有其更深层次的政治的、社会经济的和历史文化的原因。难道心理上的扭曲就一定要做汉奸卖国贼？然而这次讲话，今天回想起来确有其另一方面值得注意的意义。那就是傅先生是第一个——至少就我所见，他是我国史学家中第一个——认真地把心理分析引入史学研究的。历史归根结底乃是人的活动，而人的活动归根结底乃是通过心理的这一环节。一般的历史学家们看问题往往只停留在社会分析的层次上，而绝少论及作为历史主体的人的心灵深处，所以往往是未达一间而功亏一篑。司马光《资治通鉴》中写到反叛的时候，往往会提到反叛者最后是由于"内不自安"而终于谋反。反叛是有野心的一面，但也有其内心受迫而扭曲的一面。这就更深一层地触及了当事者的内心或灵魂深处，而比单纯地论述背景与客观形势要更深一步。弗洛伊德论达·芬奇，要追溯到他的恋母情结，尽管读者未必同意，但仍然不得不敬佩他那穷究极底的探索精神。我不知道傅先生的这次讲演是不是收入了他的《全集》，但作为一项先驱的首创，这种创新与探索的精神却是值得敬佩的。今后史学界也不宜故步自封，把自己封闭在为传统所固定下来的框架之中，而应该勇于探索新的路数和途径。一个人在行动时，到底心底里是怎么想的，是受什么情绪和动机所支配的，这个问题搞不清，我们就不可能有更深层次的理解。

抗战后期，国内矛盾已日益突出，国民参政会遂组织了一次延安访问团，团员似是六位参政员。有傅斯年和黄炎培在内。在延安，毛泽东与访问团员逐一谈过话，与傅先生在五四时期当属旧识，大概也称道了傅先生在"五四"时期的功绩，所以傅先生就自称：我们当日不过是陈胜、吴广而已。同时大概还请毛泽东写了几个字。毛泽东随笔写了如下的信：

孟真先生：

遵嘱写了数字，不像样子，聊作纪念。今日闻陈胜吴广之说，未免过谦，故书唐人语以广之。敬颂旅安

毛泽东上

竹帛烟销帝业虚，关河空锁祖龙居。坑灰
未烬山东乱，刘项原来不读书。唐人咏史一首
书呈孟真先生

　　　　　　　　　　　　毛泽东

　　不久，战争结束。北大校长蒋梦麟去重庆做官，校
长由胡适继任。因胡适当时在美国，未能遽返，在胡适
回国以前，校长由傅先生代。是年12月1日西南联大
学生因反对内战举行集会，遭到国民党当局镇压，打死
四人，造成惨案，由此爆发了"一二·一"运动。傅先
生遂由重庆来昆明处理学潮。他慰问学生，见到学生代
表时说，你们就是我的子女，打死我的学生，就是打死
我的子女，不能和他们善罢甘休。一时曾博得不少同学
的认同。但是傅先生当时的基本立足点却是无法认同学
生的民主运动的。所以，不久他也和其他几位老师（如
冯友兰先生、雷海宗先生等）一样和大多数同学的主流
拉开了距离。

　　同时，在重庆召开了"政治协商会议"（旧政协），
共商战后的建国方案。出席的各党派与无党派的代表
共38人。傅先生以无党派的社会贤达的身份也是代表
之一。当时的美籍教授温德就指着他的名字说：傅斯
年，Another Kuo Min Tang（又一个国民党）。但北大

复原回北平后，傅先生却对伪北大教授丝毫不假以颜色，一律解聘。傅先生认为：大学教授应该是一个民族的气节的表率，为敌人服务的就不能为人师表。为此当然也免不了一些纠纷。胡适回国任校长后，傅先生回南京史语所，当时面临战局动荡、经济崩溃，傅先生在报纸上公开发表了一篇文章《这个样子的宋子文非走不可》，再一次名动一时，时任行政院院长的宋子文，随即下台。

新中国成立前夕，傅先生在台湾出任台湾大学校长，主要的班底仍是北大老人，如毛子水、姚从吾、刘崇鋐、钱思亮各位先生，台大若干年来蔚为"台湾的北大"。傅先生还曾一再动员老友陈寅恪先生去台湾，不果。不久，傅先生即以高血压、心脏病在台湾去世。

综观傅先生的一生，青年时代的辉煌，不失为五四一代风云人物的代表。他的学术研究成果和主持中研院史语所以及北大文科研究所的工作，其间功过得失也是有目共睹的。抗日战争时期，他一系列慷慨激昂的抗日救亡的言行，是值得称道的。他晚年所选择的道路也并不足为异。本来天下大势就是合久必分、分久必合。即使是"五四"以后到"一二·一"运动其中的那些精英人物不也是在时代大潮的汹涌之中不断地在分化、在改组吗？有的人继续向前，有的人引退了，有的人转化到了进步的对立面。人总是与时俱进、与时俱变的，不可能永远停留在原点上。借用章太炎的一个名词，不妨另赋之以新意，也可以叫作"俱分进化"吧。也许正如诗人歌德在《浮士德》序曲中所说的那样：一切炫人眼目，都只不过是一片过眼云烟，唯有真正的精金美玉才为后世所宝。

原载《社会科学论坛》2004 年第 9 期

纪念雷海宗先生百年诞辰

◇ 凡是与雷先生接触过的人，大概没有人不被他那神奇的记忆力所震慑。雷先生的知识极其渊博，他有着极其深厚的中国通史和世界通史的基础，这是当时的史学家极少有人能比拟的，故而他能以世界历史的整体眼光来考察古往今来各个民族文化的兴亡变化之迹。他不像同时代有些历史学家那样只知道某一段时间和空间的历史的某一个片面，而无力综揽全局，或者是只知道中国史的一个片段，而不知道有世界历史的整体。

◇ 理解历史总需先立乎其大者，综揽全局；不宜抱残守缺把自己局限于一隅，而不能把具体的事件放在整体之中加以考察。否则的话，尽管细节上或有所得，但在对大局的整体把握上必然偏颇。

◇ 为学不能先立宗旨，终不免导致泛滥无归。

◇ 对于学术，我们只应就其科学性加以评判，而与它的作者的行藏出处无关。既不应当以人废言，也不应当以人取言。一种学术理论一旦诞生，就和它的母体脱离了关系而以其自身的存在获得它自己的存在价值。它对任何人都一视同仁，它同等地在为一切人和一切时代服务。

◇ 学术的进步本来应该是一派百花齐放百家争鸣局面的产物。定于一尊，就不会有学术的进步。

今年是一代史学大师雷海宗先生一百周年诞辰，南开大学举行聚会，纪念缅怀他对我国近代史学所做出的卓越贡献。

雷海宗先生早岁就学于清华学堂，毕业后留学美国芝加哥大学，获博士学位，归国后曾先后在武汉大学及中央大学任教，不久回到母校清华大学任教（包括战时的西南联大），前后长达23年之久。1952年院系调整，雷先生调至南开大学历史系，任世界史首席教授，直至1960年逝世。我国历史学自先秦直迄清末有着一个盖世无双绵延不断的悠久传统：自孔子作春秋以至三通、九通、二十四史，这构成我国的传统史学。20世纪之初，我国史学界出现了新局面，即所谓"新史学"的诞生，它的奠基者是梁启超和王国维。此后的近半个世纪中，各派的新史学竞相争妍，呈现出一片百花齐放的新局面。就总的趋势而言，各派都是要把传统史学的丰富资料加以一番现代化的诠释或解读，即以现代化的思想路数重新理解往昔的历史。此时雷先生所倡导的文化形态史观特标一种新的理论体系，蔚为其间一个重要的学派。凡是与雷先生接触过的人，大概没有人不被他那神奇的记忆力所震慑。雷先生的知识极其渊博，他有着极其深厚的中国通史和世界通史的基础，这是当时的史学家极少有人能比拟的，故而他能以世界历史的整体眼光来考察古往今来各个民族文化的兴亡变化之迹。他不像同时代有些历史学家那样只知道某一段时间和空间的历史的某一个片面，而无力综揽全局，或者是只知道中国史的一个片段，而不知道有世界历史的整体。理解历史总需先立乎其大者，综揽全局；不宜抱残守缺把自己局限于一隅，而不能把具体的事件放在整体之中加以考察。否则的话，尽管细节上或有所得，但在对大局的整体把握上必然偏颇。为学不能先立宗旨，终不免导致泛滥无归。无论我们今天同意雷先生的学术观点与否，对雷先生知识之渊博与学术根底之深厚，大概都不会有异词。而雷先生对于中国史和世界史的整体把握，不失为20世纪我国史学领域中不容忽视的一家之言。雷先生多年来曾讲授过中国通史、中国古代史、史学方法、西洋上古史、西洋中古史和西洋近古史，这在当时乃至今天恐怕也是很少有人能够企及的。当代一些史学名家，如何炳棣、丁则良、方龄贵、刘广京、任以都、丁名楠、齐世荣、王敦书诸位先生，都曾亲炙于雷先生的门下。何炳棣先生大著的卷首即赫然题有"谨以此书献给先师雷伯伦先生"的字样，以志不忘。

1940年雷先生出任西南联合大学历史学系主任，就在同时他和林同济先生合编了名噪一时而争议颇多的《战国策》期刊。"二战"时期开始风行一时的地缘政治学（Geopolitik），也是由两位先生最初介绍的。1940年至1943年，我曾连续三年上过雷先生的课，也多次听过他的讲演和谈话。就我记忆所及，雷先生史学观点最为系统的一次阐发是1941年春他在云南大学所做的一次讲演，主持人是林同济先生。他一一比较了世界各大文明的兴衰周期，从中总结出一套文化形态演变的普遍规律。讲毕，林同济先生做结论时赞美这个理论乃是一曲"历史学家的浪漫"（他用英文说"the romance of a historian"）。就它作为一曲传奇或浪漫诗而言，我自己确实也觉得它是颇为宏伟动人的。但文明毕竟是亿万人千百年所积累的智慧的结晶，不宜径直认作是一个个体生命的周期。就科学的角度而言，我们似乎终究不能把生物学上有关个体的生命周期的规律径直引用到人类文明整体的过程上面来。正如以往许多哲学家的系统哲学无非只是一曲概念诗（Begriffsdichtung），似乎雷先生的文化形态论也是历史学家的一曲概念诗。当然这只不过是我个人的体会而已。概念诗也自有其概念诗的价值，见仁见智，有待于学者们的研究和探讨。

雷先生的观念脱胎于斯宾格勒的《西方的没落》而加以他自己的改造和发展（例如，他对于中国历史经历了两个或三个周期的提法）。新中国成立后批判斯宾格勒，说他是法西斯的先驱。其实，斯宾格勒是在预言西方的没落——不管他自己主观上是多么的不情愿，但这却是他那历史逻辑的当然结论。而希特勒所要宣扬的则是一个第三帝国的千年福王国（Millenium）。两者看来是对不上口径的，西方的没落这一观念也绝不会投合大独裁者希特勒的胃口。"二战"期间，战国策学派毕竟是拥护反法西斯战争的，而不是拥护法西斯阵营的。确实，"二战"接近末期当民主运动高涨之际，有些老师（包括雷先生以及冯友兰先生一些人在内）和许多青年学生之间拉开了思想上和感情上的距离，双方的隔阂加深了。但是民主的精义岂不恰好正在于它能最大限度地容纳人民之间的不同意见。群言堂总比一言堂好。拉瓦锡以其贵族的身份在法国大革命中是被送上了断头台的，但这无损于后人所加给他的"近代化学之父"的称号。对于学术，我们只应就其科学性加以评判，而与它的作者的行藏出处无关。既不应当以人废言，也不应当以人取言。一种学术理论一旦诞生，就和它的母体脱离了关系而以其自身的存在获得它自己的存在价值。它对任何人都一视同仁，它同等地在为一切人和一切时代服务。

另一桩和雷先生有关的事应该提到的，是他和林同济先生两人开我国近代地缘政治学的先河。地缘政治的思想是古已有之的，如合纵连横、远交近攻、离强合弱之类。这是一切对权力运动的规律进行研究所应有的内涵。"二战"期间，不但德国哥廷根大学所进行的地缘政治学研究为纳粹的作战计划提供了依据，盟国方面的作战（如诺曼底登陆战）也要有赖于地缘政治学的研究。1943年春，雷先生在班上特别做过一次讲演，题名为《大地政治、海洋政治与天空政治》，同时林同济先生在《大公报》主编了一个地缘政治学的专栏。作为一门技术科学，应该说这门学问和任何其他学术一样，其本身在价值上是中立的，它同样地可以为一切人和一切利益集团服务。令人多少感到似乎有所遗憾的是：在这一研究中，人文价值的因素受到的关注仿佛太少了一些，或者说多少是有意或无意地被忽视了。这一时期雷先生所写的一些分析国际形势的文章，更多的是侧重于就地缘政治的技术角度着眼。不过，也许我们读者不可要求于一个作者那么多，要求他面面俱到。也许一篇文章只要在某一点上有所贡献，也就够了。

雷先生不是一个沉耽于繁琐考订之中的史学家，他永远是一个放眼于人类历史总体，力图明天人之际、权古今之变、成一家之言的史学家。有一次他为一位同学题词曾这样写道："前不见古人，历史可以复活古人；后不见来者，历史可以预示来者。"这两句格言正足以表现他那种"历史学家的浪漫"的风格。学术的进步本来应该是一派百花齐放百家争鸣局面的产物。定于一尊，就不会有学术的进步。新中国成立以后，雷先生所写的一些文章（如《古今华北的农事与气候》）和著作（如《世界古代史》），依然洋溢着他所特有的那种可贵的高屋建瓴的历史眼光。我以为这种视野和风格，应该不失为现代我国历史学最可珍贵的遗产之一，是最值得我们继承和发扬的。最近欣闻雷先生的文集即将出版，谨祝愿它能为我国史学界带来新的启迪。

最后，想提到另一件令人遗憾不已的事：以雷先生这样一位如此之精娴于基督教史实的学者，竟然不曾为我们留下一部中国学者所写的基督教史，这应该说是我国史坛上一项无可弥补的损失。

原载《博览群书》2003 年第 6 期

缅怀向达先生

◇ 据说人类的苦难是始自有了知识。仓颉造了字，所以天雨血、鬼夜哭。普罗米修斯偷了知识的天火给了人类，就被囚在高加索山上，终古要受苍鹰的啃啄。亚当和夏娃吃了禁果有了知识，就被放逐出乐园，满面流汗，终生荆棘。难道这是人类文明所必须付出的代价吗？

我国当代著名的历史学家向达先生与世长辞至今已经四十有二年了。他的遗著现在尚没有"全集"出版，《唐代长安与西域文明》有单行本行世，而《唐代俗讲考》及其他作品则颇不易得。我们盼望能见到"全集"早日面世以贡献于学术界和广大的读者群。今年（2008年）11月24日是向先生去世的42周年纪念日，史学界的一些同人准备出一个纪念册以缅怀向先生的学术贡献和他的高风亮节。作为60多年以前向先生班上的一个学生，我也被邀写几句话缅怀先生之风山高水长。

向先生字觉明，笔名方回，湖南溆浦人，土家族，少年时就学于长沙的明德中学；明德中学是湖南最好的学校，自清末以来曾涌现过大量学术上和政治上的精英（如民国元勋黄兴就是其中之一）。向先生毕业后考入南京高师（后来的东南大学、中央大学，新中国成立后的南京大学）攻读理科。据向先生自己有一次谈到，当时正值五四运动高潮澎湃之际，向先生也满怀热情地参与其中，有一次竟致耽误了正课，受到老师的责难，向先生不服气，相与抗争，并且一怒之下退出了理科的行列，改行学习文史，从此奠定了向先生毕生的专业方向。

　　毕业后，向先生入商务印书馆从事编辑工作。这个中国近代最早最大的出版机构为向先生提供了钻研和展现自己才能的大好园地。他与当时的一些名家合作编译了一系列当时的名著，如韦尔斯的《世界史纲》，大大开阔了当时国人的视野；又曾在吴宓和汤用彤两位先生的指导下翻译了亚里士多德的《伦理学》。也是在此时，他系统地接触到西方汉学名著，如斯坦因（A.Stein）的《西域考古记》和卡特的《中国印刷术的发明与西传》等著作，从此开始了他毕生的研究事业和学术方向。1957年在反右运动中遭到批判时，曾有一位先生批判他说：他（向先生）毕生就只崇拜四个人，两个中国人：王国维和陈寅恪；两个外国人：斯坦因和伯希和（P. Pelliot 的汉名）。尤其是 1957 年向先生被戴上右派帽子之后，仍于 1964 年自费专程由北京去广州拜会陈寅恪先生。这种在当时条件下敢冒天下之大不韪的作风，除了吴宓先生而外，就只有向先生一个人。这一点也足以反映出向先生的人格与风格。

1941 年我读历史系本科三年级，按规定需选修一门国别史。我曾上过噶邦福先生的俄国史课程，但该课程仅 4 学分，故我尚必须选一门学分的国别史才能作数。我遇到同级的陈锡荣学姐，向她请教。她说向先生今年开印度通史一课，你为什么不去选，向先生是当今研究中西交通史的权威。我还听罗常培先生在课堂上讲到过：治中西交通史（这是当时的名称，现在已改称中西文化交流史了）就必须精通敦煌学，当今治敦煌学的权威首推我校的向达先生。我遂选修了向先生的印度通史一课，当时选修这门课的，只有五六个人。向先生讲课极为细致，但又能以小见大，并不以引征烦琐的考据为能事，往往能直指一个时代文化精髓的核心。按他的原计划，这门课分四部分讲，即古代印度、中世纪印度、近代印度、中印文化交流史。为了引起学生的兴趣，他把第四部分放在最前面讲。而且开始是一篇很详尽的绪论，即印度在现代世界政治中的地位。向先生的视野并非只是在故纸堆和古文献中讨生活，他始终能放眼于世界历史的大背景，对当今世界的形势讲起来也了如指掌。我记得最初的几周就几乎全是纵论印度在当今世界政治和世界文化中的地位。然后才转入第一部分，即中国与印度的文化交流史。这是向先生毕生学术研究中最为当行出色、可称之为海内独步的绝学。他特别强调中世纪中国思想和文化受到印度的极大影响。当时我曾贸然问他，如无印度的影响，中国文化将是什么样子呢？向先生答道，历史当其成为过去以后，再回过头去看，就是命定的了。多年来，每当读史书而发奇想时，总不免记起向先生这一非常之巧妙的答案，那巧妙得宛如一件完美无瑕的艺术品。考试则是每个人写一篇读书报告。向先生对学生作业也是极其认真逐字逐句地看过。我的报告中还有一个错字，经他改正，使我惭愧不已。直至第二个学期之初才把中印文化交流史部分讲完，接着就开始讲印度古代史。不意此时忽然奉命调向先生参加西北考察团，由向先生负责西北历史考古部分的领导。于是课程只好中断。班上的同学遂举行一个茶会为向先生送行，北大历史系主任姚从吾先生也来参加了。会上向先生勉励我们说，亡人国家，必先灭人国史。现在抗日战争期间，还有我们这些青年愿意选择历史做自己学习的专业，令他感到十分欣慰，并勉励我们要不断努力学习。接着有同学提出请向先生谈谈自己治学的方法。向先生很谦虚，说他自己谈不到什么治学方法，但他愿意介绍一位老前辈即王国维的为学经验。随即详谈了对王先生治学经验的体会，以及有哪些是足以作为我们后学者的典范的。

1941年清华大学30周年校庆，各系都举办了学术讲演，历史系也请了向先生讲演。向先生提出了一套宏伟的设想，包括建立一系列的西北考古站，而这在当时显然是无法实现的。但以向先生对西北考古的热情以及他对海外的中国学术研究与收藏之"历历如数家珍"[傅斯年称美向先生语。当时傅先生曾写过一篇文章指责大英博物馆歧视中国学者，英国大使馆的文化专员罗士培（Roxby）还特别做过解释]，当然是不会放弃西北之行的机会的，所以我们的课程也就中断了。

向先生毕生忧国忧民，关心国事，不过每每总是低调，并不张扬，所以就不如其他某些教授那样在社会上广为人知。但他也写过时论，在报纸上发表。我曾看见他每每长时间站在学生们办的各种壁报前面认真阅览，表现出一种深切的关情。记得有一次他曾用方回的笔名赞同某一个壁报的论点（似乎是丁则良几个人编的《论坛》，这是当时质量较高的一份壁报），壁报的编者受宠若惊，做了回应。又有一次不记得是为了什么事，校园里群情汹汹，像是要闹事的样子，沈自敏学长陪向先生在路上边走边谈。沈自敏指责学生闹事都是官场腐败而引发的，向先生答道："Obviously, apparently, undoubtedly…"一连串用了七八个形容词，想见当时先生的义愤，而事情也正是如此。可见先生一贯关心国事与关心青年学生的热情。后来我还在一份北大的通讯上看到这样一则花边报道，说是有一次向先生和汤用彤先生闲谈，向先生感慨地说："为什么人一做了官就变坏了？"汤先生回答说："不是人一做官就变坏了，而是人一变坏了才去做官。"这不禁使我联想起1935年的一则旧闻。当时汪精卫被刺，辞去了行政院院长职务，由蒋介石继任。蒋当即网罗了一批知名学者，如翁文灏、蒋廷黻等人去南京做官。有个记者问北大的美籍教授葛立普（Grabau，他的纪念碑现尚矗立在北大校园内），对此有何感想。葛立普回答说："我不赞成 Dr. 翁去做官，中国人能做官的太多了，能够做地质调查所所长的就只有 Dr. 翁一个人。"当时翁任北平地质调查所所长。

　　新中国成立后，1949 年的一个秋日，我去看望向先生，记得他有点遗憾地指着他的书案说：新中国成立八个月以来，我没有过一整天是坐在书桌前面度过的。大概各种活动太多了，所以表现出他对于不能全心钻研学术的遗憾。

50 年代末，侯外庐先生撰写他的《中国思想通史》第四卷时，曾命我帮他整理大量手抄有关中西文化交流史的原始资料，都是 30 年代向先生在伦敦、巴黎两地所蒐集的原始资料的手抄本（当时尚没有复印机），多为外间所罕见。可惜"文革"中屡经搬迁，现在已下落不明，实在是极可惋惜的损失。

　　及至"文革"动乱，向先生和大多数知名的学者一样，理所当然地逃脱不了资产阶级反动学术权威的命运。随后又被押解到乡下去劳动。这时向先生已患病，但还不是致命的；他却以自己特有的倔强，硬是不去医院治疗，终于在"文革"开始仅半年就去世了，享年六十有六。假如不是命运坎坷，向先生以及其他许多人又可能做出多少宝贵的贡献啊！

　　逝者已矣，不可复生。然而先生之风山高水长。他的精神是永世长存不会泯灭的。谨祝先生的"全集"能早日问世，嘉惠于学术界。这份精神遗产的保存与发扬应该是我们对前人、对后人的一份义不容辞的责任。

侯外庐先生印象 *

　　1952年，我到西安的西北大学师范学院（今陕西师范大学），在历史系里教了四年书。当时的校长是侯外庐先生，不过他是校长，我是三十刚出头的年轻教师，中间差了好几级，没有直接接触。1956年的时候，党中央号召向科学进军，中国科学院集中全国几百个知名科学家，用了大概半年的时间制定了很大规模的计划，即《1956—1967年科学技术发展远景规划》（简称《十二年科技规划》），足足一大厚本，非常详细。各个研究所都在招兵买马，历史研究所请陈寅恪先生做所长，陈先生不就，于是请陈垣。陈垣八十多岁了，只能是挂名，还请了郭沫若，他以中科院院长的身份兼任历史所所长，也是挂名，于是调了两个副所长来，北大

---

* 本文系何兆武先生口述，文靖撰文，发表于2008年7月13日《东方早报·上海书评》。

历史系的向达与西北大学校长侯外庐，侯先生同时兼我们中国思想史研究室的室主任。经人介绍，我从西北大学调入中科院历史所，成为侯先生的助手之一。

侯先生年轻时就服膺马克思主义，20世纪20年代在北京师范大学念书时上李大钊的课，深受其影响，从此走上马克思主义的道路，留学法国专攻马克思理论，并着手翻译《资本论》。就我所知，他是最早翻译《资本论》的人。侯先生从法国回来后，知道已经有人在译《资本论》，于是就停手了，并把自己的译文送给对方。侯先生的风格非常之高，其实他译也没有问题。回国以后，侯先生在哈尔滨的法政大学教过一阵书，后来又在北平大学的法商学院任教。平大法商学院的历史是这样的：民国初年，北京一下子成立了许多专科学校，法政大学、医科大学、工业大学、农业大学、女子大学，总有八九个，国民党北伐以后，名义上统一了全国，就把北京所有这些专科学校合并成一个"北平大学"，分别叫作"平大工学院""平大农学院"等，实际上还是独立的。当时的很多名牌学校，包括北大、清华，教师都是正经八百的学院派，或者说"资产阶级的学院派"，倒是些差一点的大学，特别是一些私立大学，政治上的要求不是很严格，真正成了宣扬进步思想的场所。比如中国大学，那还是民国初年孙中山创办的一所私立学校，就在现在教育部的地方（原郑王府）。平大虽然是公立的，但因为原来都是专科大学，水平差一些，不同思想的教师也比较容易进，所以那里就成了左派的天下，特别是法商学院，左派教师集中，学生多是左派，所以法商学院也是最闹事的。

侯先生来北京就在平大法商学院教课，虽然不能非常公开，但实际上就是教马列主义，并有过一次被捕的经历。1932年12月那次抓了三个教授，除了侯先生，还有北大的许德珩，师大（北平师范大学）的马哲民，罪名是"危害民国"，还判了刑，闹了很大一阵，当时叫作"许侯马事件"，侯先生是在第二年8月才被释放。当时有个传统，凡是名人被抓都会有人出来保，包括杨开慧、蔡元培等好几个元老都打电报给湖南省政府主席何键，要求保他，但何键很狡猾，收到电报就先把人枪毙了，然后回复说：可惜电报收晚了云云。不过过去确实有这个传统，侯先生他们也被保了出来。

抗战时候先生到了重庆，是左派文化领导人之一。抗战初期，苏联援华是最多的，包括飞机、军火、空军志愿者等等，远远超过美国，所以国民党也拉拢苏联，特别派了立法院院长孙科到莫斯科去。孙科当时算是国民党里的开明派，回重庆后办了一个"中苏文化协会"，侯先生在里边负责编《中苏文化》。皖南事变后，当时党的政策是让所有人潜伏到下层去，广交朋友，暂时隐蔽。那时候我在西南联大做学生，学校里忽然跑了一批人，总有七八十个的样子，差不多占了学生人数的 1／20。平常比较出头露面的纷纷离开，比如跑到云南乡下等等，免得被抓。侯先生还是在重庆继续办杂志，因为挂了孙科的名字，也是对左派进步杂志的一个保护。抗战初期，郭沫若任国民党军事委员会政治部第三厅的厅长，是左派的文化领袖，他们经常有活动。有一次开座谈会的时候，张申府提出来要将马克思、罗素、孔子三结合，侯先生当场批了他一阵。我们都是在《中苏文化》上知道的。抗战胜利后，国民党压制得更厉害，对共产党下了讨伐令，一部分"送回延安"，一部分就给抓起来。许多进步人士无法立足，先后辗转去了香港，包括郭沫若、茅盾等一些名人。侯先生在香港从事左派文化活动，在达德学院——一个规模不大的左派学校里教书。一直到1948年东北解放，香港的左派人士纷纷回到解放区，侯先生取道东北回了北京，在母校师大做历史系主任。

新中国成立前，侯先生就出了几本关于历史研究的大作，《中国古代社会史论》《中国古代思想学说史》《中国近世思想学说史》等等，还有就是《中国思想通史》，找了几个人一起合作，不过第四卷没有写成，那也是内容最多的一卷，后来拆成上下两册。新中国成立后，侯先生以民主人士的身份参加了第一届政治协商会议（当时还没有人民代表大会，政协是当时唯一的民意机关，郭沫若、侯外庐等与党组织的关系长期隔绝，新中国成立初期的身份是民主人士，直到"反右"以后才公开党籍），1950年他被调到西北大学做校长，一直想要继续把这套书完成。直到1955年他任历史所副所长的时候，所里其他研究室由尹达负责，唯有思想史研究室完全由侯先生负责，实际上也是专门为他成立的，专门安排几个年轻人做助手，特别是《中国思想通史》最后两卷太长了，从宋一直到清，基本上就是大家在侯先生的指导下完成的，是迄今为止最大部头的，也是最早的一部最完备的中国思想通史。

　　不过当时有个特点，大家都不务正业，正常工作经常被各种政治运动打乱。本来一年三百六十五天可以真正搞出点什么，但政治运动一来就压倒一切，"反右"一反就是一年，天天批右派；接着就是"大跃进"，大家都去大炼钢铁，本来所里招研究生要读经典著作，学两种外国文，要做论文，可哪有时间呢？再后来是下乡搞"三史"（社史、村史、家史），1959年我们就到河北卢龙县去修县史。三年困难稍微好一点，可能是大家吃不饱，都没劲儿闹了，不过杂事依然很多。比如国庆天安门大游行，扎花车一个月，排队练习齐步走一个月，而且年年如此，一直到林彪出事那年才停下来。诸如此类的事情非常之多，反而成了最主要的任务。侯先生自己是比较主张搞业务的，可是总被各种政治任务打断，动不动全室的人都走空了，所以时常地，他也流露出不满意，说："上级的任务该顶就是要顶。"记得有一次纪念辛亥革命多少周年，组织大家写文章，侯先生说："这个文章我们写不了，这得让党中央去写。"

侯外庐先生首先是一个学者，主要的兴趣在学术上，虽然挂了副所长的名义，实际上主要就是负责我们研究室，一心只想完成他的那套《中国思想通史》，其他活动很少过问。历史所也比较照顾他，对我们室的干预是最少的，所以到"文革"的时候也成了一条罪状，说侯先生搞"独立王国"，给他起了个名字叫"党内民主人士"。侯先生的研究有个特点，比较执着于马克思主义的原典，凡事一定要从马克思原典里找根据。这是他从年轻时起一贯的路数，我给他做助手的时候有一个工作就是帮他找德文原典。从优点一方面说，这证明侯先生是一个真正的马克思主义者，捍卫了马克思主义的思想；但从缺点一方面说，就有点书呆子气了。政治是讲现实的，而不是纯逻辑的，真实的政治有它的"灵活性"，需要"理论联系实际"，可是侯先生对实际问题并不了解，往往把政治上的事情当学问来研究。比如上面让批吴晗的《海瑞罢官》，那是政治的需要，批就是了，可侯先生一定要找原典，查一查马克思对清官赃官是怎么定义的。再比如，上面号召搞人民公社，"共产主义是天堂，人民公社是桥梁"，但马克思并没有提过要搞人民公社，所以侯先生从来不大就这方面写文章，不能"与时俱进"，甚至扯后腿，这也是他吃亏的地方。

"文革"的时候，侯先生是历史所第一个挨整的，戴上"资产阶级反动学术权威"的帽子，虽然他是老马克思主义者。新中国成立的时候，史学界有"四老"之称，指四位老的马克思主义者，郭沫若、范文澜、侯外庐、翦伯赞，另外还有一种"五老"的说法，就是再加一个吕振羽。抗日战争时期吕振羽做过刘少奇的秘书，但后来也是最早出"问题"的，1963年把他抓起来，再往后就不提了，只剩下"四老"。不过这四位老资格的马克思主义者在"文革"中无一幸免，都没能逃过这一关。翦伯赞自杀了，侯外庐瘫痪了，范文澜做了五次检讨，不顾"实事求是"的原则，竟然嘱咐帮他做检讨的助手说："说得越过分越好。"郭沫若没有被大规模地明批，实际上他的压力也很大，一个儿子被打死、一个儿子自杀，而且他公开做自我检讨，说："现在看起来，我以前写的书都该一把火烧掉。"这话听起来似乎有点否定过头了,他是在否定自己,还是否定自己的事业?难道他真那么想?

有一次批斗侯先生时把他整得很厉害,说他是叛徒。当时定个叛徒很简单,凡被国民党抓起来过的都被视为叛徒,因为当年国民党抓人,有些找不出证据的也给放出来,只要写个悔罪书,表示要信仰三民主义等等。或者有的人还写:"本人一时糊涂,误入歧途……"这都是无奈之举,不然怎么能让你出来呢?但新中国成立后都成了罪状。而且有一件事情,现在说起来都当笑话了。有一次抄侯先生家,本来准备下午去,不知怎么走漏了风声,让中央戏曲学院的红卫兵抢先一步,把好东西都抄走了,结果我们所的这帮人去了以后什么都没捞到。这种活动我是没有资格参加的,不过因为我们室有个红卫兵的头,我听见他给戏曲学院打电话,说:"我向你们提出最严重的抗议,你们趁火打劫!"第二天侯先生来上班,我看见会计室的女同志借给他五十块钱,说是生活费,据说他家里已被洗劫一空,连打火机都抄走了。

侯先生本来身体很好,我想他再工作十年也没有问题。1968年有一次斗了他一整天,结果脑溢血,回去就瘫痪了。虽然后来他活到八十四岁,可是他最后那七八年躺在床上不能活动，实际上就是一个废人了。70年代初期我们从干校回来了，那时我还顶着"现行反革命"的帽子，记得有一次去医院看病，碰到所里一位老先生，大概是胡厚宣，问我身体怎么样，我说还好，就是腰疼。他说："我看你的样子还好，可是你看侯先生，人都垮了。"我回答说："我跟侯先生不一样，侯先生是百万富豪，一破产精神上受不了。我就一块钱，拿走就算了，无所谓。"

侯先生是历史所第一个挨整的，历史所差不多两百人，只有他一个是"反革命"，所以压力很大。可是等到我被揪出来的时候，全所大概三分之一的人都是"反革命"，也就不稀罕了，好比一个担子四五十人挑，比一个人挑重量上要差很多。而且，侯先生是老马克思主义者、老革命，又是社会活动家、政协代表、历史所所长、国际知名学者，这么多桂冠，一下破产了，突然变成"反革命"，让他出来扫厕所，既是一种惩罚，又是一种侮辱。我好比是从一个台阶上摔下来，爬起来还能接着走，可他是从高楼上摔下来的，那怎么受得了？特别是他的信仰、他的理想，从年轻时候起侯先生就为实现共产主义而奋斗，奋斗了一辈子，结果自己成为共产主义的敌人，这个打击对他太大了，是旁人想象不到的。举个不恰当的例子，就好比青年男女恋爱一样，你全心全意地在爱她，忽然发现原来是骗局，如果精神脆弱的话，人会崩溃的。所以侯先生在一天夜里突然发病，一下就瘫痪了。

《中国思想通史》最后总算完成了，而且基本上是按照侯先生马克思主义原典的那套思路来写的，是他毕生学问的结晶，从这一点上看，应该算是幸运了。本来这套书可以更充实、更深入，可惜大家的大部分时间都用来不务正业了，并没有侯先生最初设想的那么完美。

必然与偶然

——回忆钱宝琮先生的一次谈话

◇ 近代科学留给了我们一种似乎是理所当然的思维方式，即宇宙万物都是受着一种根本性的必然规律所支配的，唯有这种必然规律才是万古长青的。人们好像完全忽视了宇宙中同时也还存在着某种根本的永恒的偶然性的存在。

20世纪50年代我在中国科学院历史研究所工作时，有幸拜识我国研究科学史的前辈学者钱宝琮先生。当时历史研究所设有几个专史研究室，其中之一是自然科学史研究室（后独立成为自然科学史研究所），室内有两位研究科学史的老一辈权威学者，一位是李俨先生，一位是钱宝琮先生。记得有一次座谈上，时任历史研究所副所长的侯外庐先生称美两位先生说："二老者，天下之大老也。"反映了当时两位先生在学术界的声望之隆。另一次会上，钱先生谈到，辛亥革命时，他正在英国留学，听到推翻了清王朝、建立民国，感到十分兴奋，立即把清朝的龙旗换成了五族共和的五色旗，又剪掉了辫子，不再拖着一条猪尾巴被洋人耻笑。

当时我曾听过他的两次学术讲演，事隔多年，什么内容已记不清楚了。只记得有一次他谈到元代中国的代数学在解三次方程上是遥遥领先于世界的。那是因为当时河防筑堤需用土方，土方是一个立体，所以要求有能计算长宽高的三次方程。他的这一讲法给了我一个深刻的启迪。我历来不同意学术上有所谓的中学、西学之分，竟仿佛中国人先天就注定了不善于某种思维方式，而那是西方人所特有的。反之，也有某些思维方式仿佛是中国人先天的优势，是西方人注定了要相形见绌的。我以为"学"作为知识而言（或者人们所惯用的"真理"一词），是没有所谓中西之分的。就其本身而言，学可以有真伪之分、高低之别或精粗之异，但并无所谓中西的不同。某些知识（或真理）由于某种具体的历史条件而最早出现于某个地方或某个民族，但并没有理由据此就有权被称为中学或西学。亚当·斯密的《国富论》并不能就称之为"英学"，马克思的《资本论》也不能就称之为"德学"（或者"英学"，因为它是在英国写成的）。人们的某种知识或学问，由于某种历史条件而最初出现于某个民族，这绝不意味就是该民族所有权垄断的专利品，而别的民族先天地就注定了缺乏这方面的遗传基因。所谓中学、西学（乃至英学、法学）都只是具体历史条件之下的产物。所谓真理乃是放之四海而皆准的，并不是某一个民族或某一个阶级或某一个集团的专利品。故而百年来的中学西学之争，只不过是具体历史条件之下的产物，脱离了那个具体的语境，就成为无谓之争。真理只有一个，尽管它的出现而为人所认识要受到具体历史条件的制约。那次听到钱先生的讲演，使我加强了自己的这一想法。

也是那时候，我承担了一项工作是探讨明清之际从西方所传入的学术，并对它做出一个历史的评价。我在阅读文献资料的同时，总是被一个理论问题所萦绕：西方科学史所经历的行程是不是科学发展唯一可能的道路？我不懂自然科学，又不懂科学史。于是就请友人冒怀辛先生（明末四公子之一冒襄之嫡裔，近代名士冒广生之嫡长孙）介绍，去拜访这位前辈的权威学者钱宝琮先生，向他请教这一带有根本性的问题。冒先生先达我的诚意，并承钱先生惠允赐见。我当时向钱先生请教的问题是：近代科学的诞生和发展，在西方所经历的是一条哥白尼—开普勒—伽利略—牛顿的道路。然而这条路径是否就是近代科学发展的唯一可能的道路？亦即，别的民族（例如中国）发展近代科学是不是也必须走这条道路？抑或别的民族也有可能走其他的道路，另外建立一种不同于牛顿的古典体系的近代科学？例如，中医和西医医治同一种病，双方所采用的可以是全然不同的两种路数。按西医的规范而言，中医不是近代科学。但中医可以同样（甚至于是更有效而又更经济地）治好某些病症（乃至疑难重症）。既然不同于西医规范的中医可以（乃至更经济而更有效地）治好某些病症，所以就没有理由不承认它也是科学。因此，我的问题便是：中国要发展近代科学是不是也一定要走由牛顿所奠定的经典体系的老路？抑或也有可能走她自己的另一条道路。学术者天下之公器，但所走的道路是否可以各有不同？对于我的这个问题，钱先生以非常肯定而不容置疑的口气回答说：这（牛顿的经典体系）是近代科学的唯一道路，中国如其要有近代科学，也必须要走这条道路。他的这番话使我马上联想到中国近代科学的奠基人李善兰（壬叔）的著名论断：牛顿的古典体系是"铁案如山"不可动摇的。所以，这个答案或许是中国近代老一辈的科学家的共同答案。也犹如进化论是中国老一辈学人的共同信念是一样的。必然规律的观念乃是他们共同的信念，就连政治上的伟人也不例外。

科学作为人们的认识是永远在前进着的，所以就永远也不可能有终极的答案。所谓相对真理是不断地在趋近于绝对真理，这种说法在理论上是说不通的，在实践上也是不可能的。因为你必须确凿地知道确实有一个绝对真理，并且知道它确实是在哪里。否则的话，你既然无法肯定有没有绝对真理以及它在哪里，你又怎么可能肯定你是在不断地趋近于它呢？整个大自然看来具有两面性或者说两重性：一方面它是在遵循着必然的规律，而同时另一方面它又是充满着各种偶然的机遇。两者都是根本性的。人们不应该只看到其中的一面，而看不到那另外的一面。宇宙的历史、人类的历史以及人类的认识史，乃是在一座由必然和自由（或偶然）这两个轴所构成的那个坐标上所扫描出来的一条曲线。它一方面有其受必然性所支配的行程，而同时它又无时无刻不是在受着自由或偶然性的支配。从牛顿到康德、拉普拉斯的宇宙发展史，都是沿着一条必然的规律在展开的。但是同时不应该忽视的是：全宇宙始终都有着一种根本性的偶然因素在起作用。据说是 6500 万年以前有一颗小行星偶然撞击了地球表面上墨西哥的 Yucatan 海湾，于是引发了地球表面的一场大灾变；于是恐龙这个物种就绝灭了。就地球上物种演化的历史而言，那颗小行星的光临，完全是一场偶然的意外，但是它却改变了整个物种演化的历史。不然的话，也许今天的地球仍然是恐龙的世界，而并不是由我们这个智人的品种在充当主宰。这里还不用说科学也有革命的可能，而科学革命却在人类文明史上也是屡见不鲜的。我们无法肯定我们的科学知识和科学思想今后就只会沿着已有的道路永远畅通无阻地走下去而再也不会出现另一场科学革命了。

因而，宇宙是不是有一种根本性的偶然性在起作用是一回事，而牛顿的古典体系在当时是不是唯一可能的科学体系又是另一回事。这里是两个性质不同、层次不同的问题，不可混为一谈。老一辈的科学家如钱宝琮先生认为中国近代的科学的发展也必须要走牛顿的古典道路，这或许有其足以令人信服的道理。不过钱先生的高足杜石然先生却又别有义解。有一次和杜先生谈到这个问题时，杜先生对此向我发表了另一种诠释。他认为中国科学的发展并非没有可能走上另一条道路。不过，事实上是既然已经有了牛顿的古典体系这条现成的道路，所以中国就没有必要（或者，我想应该说是"没有可能"）再去另外摸索别的道路，而是就只需（或者只可能是）把别人现成的东西拿过来为我所用。看来历史学的问题是无法简单地等同于自然科学的问题的。它是无法重复进行实验的，所以就是既无法加以证实也无法加以证伪的问题。因此也就无法得出自然科学那种意义上的确凿的结论。

回想将近 40 年前钱先生的那次谈话，对我的思想是一个深刻的启迪。近代科学留给了我们一种似乎是理所当然的思维方式，即宇宙万物都是受着一种根本性的必然规律所支配的，唯有这种必然规律才是万古长青的。人们好像完全忽视了宇宙中同时也还存在着某种根本的永恒的偶然性的存在。这也可以说是"蔽于人而不知天"吧。

钱先生离我们而去已有三十多年了。钱先生之孙钱永红先生正在编纂他祖父的遗著。日前他来北京曾嘱我写一篇纪念文字。我对科学史是外行，无从赞一词，因忆当年与钱先生的一次谈话曾引发了我的许多遐想，谨书之如上，藉以纪念先生之风山高水长。

原载《随笔》2006 年第 3 期

怀念王浩 *

◇ 王浩的一生却又始终"充满着矛盾",无论是在思想上、学术上还是在生活上。这矛盾不但是属于他个人的,也是属于整个时代的和民族的苦难历程的一部分。

◇ 哲学归根结底是研究人的学问。这里要求的不仅有工具理性的运用,而且还要求一个人思想和感情的全部投入。在纯粹理性的操作上,他不愧为当今世界上一位杰出的大师,但在需要以心灵去搏人生的真谛时,他往往表现得天真而幼稚,有时又像孩子那样的烂漫而任性。

王浩竟然离开这个世界而去了,到哪里去了呢?是马克思那个各尽所能、各取所值的现实世界?是歌德要向奔流的瞬间呼唤"请停留下来吧,你是那样的美丽"的那个尘寰中的乐土?还是柏拉图那个永恒的理

---

* 本文作于1995年5月28日王浩去世半个月。

念世界？这些世界多年来都曾被他憧憬过。

综观浩兄生平——除抗战时期做学生时的那个年代物质生活颇为困苦而外（同时那精神生活却是异常之丰富的）——可谓是一帆风顺、功成名就；然而他的一生却又始终"充满着矛盾"，无论是在思想上、学术上还是在生活上。这矛盾不但是属于他个人的，也是属于整个时代的和民族的苦难历程的一部分。

他出生在一个知识分子的家庭，少年和青年时代一直以优异的成绩在当时全国最负盛名的中学和大学里求学，随后以最快的速度读完了研究生，被母校清华大学保送，获美国国务院奖金入哈佛大学学习，师从当代名家蒯因（Quine）教授，又仅以一年零八个月的时间便获得了哈佛大学博士学位。此后，成绩、荣誉和地位接踵而来，被公认是那位自莱布尼茨以来最伟大的数理逻辑学家和哲学家哥德尔（Gödel）教授的衣钵传人。除了几十年连续不断的教学和研究生活而外，他还一度在 IBM 公司兼过职，收入颇丰，但他生平不善理财，大概不会有什么积蓄。

他在数理逻辑的研究方面曾做出过开创性的贡献，使他年纪尚轻就已经成为世界级的权威；但在 50 年代（20 世纪）一面倒的日子里，数理逻辑被苏联批判为资产阶级唯心主义的概念游戏，于是就不免殃及池鱼。当时他极想回国服务，便转而研究计算机，想搞一点回国后可以有用的东西。北京大学马寅初校长还曾写信给他，邀他回北大任教。但他自己却又不能忘情于哲学。他的哲学路数在当时英美哲学界显得颇为"不合时宜"，他又不愿放弃自己的路数去搞风行一时的分析哲学，尽管如果他走那条道路的话，肯定是会走得极其成功的。一再蹉跎就到了"文化大革命"，当时再想归国，已经势有不能。

　　他在政治上是一名左派——至少是在国外。1972年中美之间打开僵局以后，他参与了第一个归国访问美籍学者代表团。从此他一头钻进了马克思主义，恒兀兀以穷年。直到"四人帮"被粉碎后，"文革"的黑暗面逐渐揭发出来，使得海外的左派陷于我们在国内难以想象的尴尬境地。（例如在国内，大概谁也不必担心会受到质问：你为什么昨天还拥护，今天就喊打倒？）这时候他深深受到一种幻灭感的侵袭，情绪低沉，转而想超脱于现实之外，从事纯哲学的探讨。他曾计划写三部著作，比较全面地探讨哲学的根本问题，但直迄逝世还只完成了《超越分析哲学》（MIT 出版社，1986）、《关于哥德尔的思考》（MIT 出版社，1987）和《一次逻辑的旅程，从哥德尔到哲学》（亦将在 MIT 出版社出版）。另外，他较早的《从数学到哲学》（*Routledge* & *Kezan*

Paul，1974）一书，虽已有多种外文译本，但中文译本约稿至今虽亦已十余年，却迄未与国内读者见面，他去岁谈及此事，还颇引为遗憾。

和我们国内同时代许多知识分子之历尽坎坷、挨批挨斗、不务正业，乃至业务荒疏、一事无成、终生报废的大为不同，王浩在国外的一生从表层上看，是如此之顺利而又平稳。几十年来他一直是英国牛津大学、美国哈佛大学和洛克菲勒大学的名教授；但是矛盾和烦恼却依然伴随着他的一生。他那些名重当世的卓越成就，恰好是他所无意于着力的方面。他一直在想从逻辑入手弄出一套系统哲学。晚年已逐渐放弃了这个野心，但仍念念不忘想要解答人生的三个基本问题。在感情生活上他一生也经历了许多波澜，这是老友们所熟知的。

哲学归根结底是研究人的学问。这里要求的不仅有工具理性的运用，而且还要求一个人思想和感情的全部投入。在纯粹理性的操作上，他不愧为当今世界上一位杰出的大师，但在需要以心灵去博人生的真谛时，他往往表现得天真而幼稚，有时又像孩子那样的烂漫而任性。他曾想以一套完整的哲学体系囊括世界和人生，然而到头来（这一点他自己晚年也有所察觉）也许正像Hamlet 所说 Horatio 的话：这个世界要比你那哲学广阔得多。他在青年时曾喜欢追问：什么是幸福？他引用过纪德（Gide）的话：人是为幸福而生的。如果不是幸福，又应该是什么呢？人生追求的是幸福，而不是光荣、知识、权力、地位乃至崇高或圣洁或其他的什么东西；虽然他也承认这些和幸福有关，人往往是要通过光荣才能达到心安理得的；但是直到老年，他似乎并没有追求到他早年所企求的那种幸福。当然，学术研究、友情、恋爱、民族、祖国都曾给他带来由衷的欢愉和慰藉，但是这些还不足以径直等同于幸福。他似乎就以自己的一生为哲学研究提供了一个例证：究竟什么是哲学？以及，一个人究竟应该怎样去研究或追求哲学？可以说，他既把自己的思想和理论，也把自己的生活实践都献给了哲学，虽然前一方面是有意识的，而后一方面则是无意识的。无论如何，他是一个把自己的思想、生活和生命都献给了哲学的人。浩兄于我，可谓"平生风谊兼师友"；倘若地下有知，不知他是否会同意我这里所写的这些怀念他的话？

原载《西南联大校友会简讯》1995 年第 18 期

《清华校友通讯》1995 年 11 月

师友杂忆五则

关于顾颉刚和谢国桢的若干回忆

顷阅《读书》（1995 年第 5 期）王学典先生《痛苦的人格分裂》一文，记"50 年代初期的史界传统学人"顾颉刚先生，使我不免联想起一两桩小事。1957 年鸣放之初历史所的会上就有人提到：前岁顾先生由上海调来北京时，迟迟未能成行，当时有位领导就说：顾颉刚不来，难道还在等着变天吗？反右运动开展后，顾先生在历史研究所院中贴出了长篇大字报，做自我批判，长达数十页之多。其中有云：这次运动有许多平日亲密的友人纷纷沦为右派，我自己是个漏网之鱼。以"漏网之鱼"自命，在运动里尚属罕见。

"文革"中，顾颉刚、谢国桢和我被禁闭在一起学习小红书。据我所见，顾、谢两位身处逆境中的反应迥然不同。顾先生终日正襟危坐、愁眉苦脸、一言不发，一似重有忧者。到吃饭时就打开自己的布包，从中取出两个冷大饼，夹两块豆腐干，喝一点热水吃。谢先生则似乎毫不在意，当有人监视时，谢先生也埋头看小红书；一旦无人监视时，依然是谈笑风生，若无其事。有一次不知怎么兴致勃勃地谈到了赤壁之战。他讲起当时诸葛亮是 27 岁，周瑜是 36 岁。我接口说，可是京剧这出戏里诸葛亮是老生扮，周瑜却是不挂髯口的小生。我一时谈得兴起，竟然未注意到这时已有旁人在场。谢先生忽然喝了一声：好好学习。于是，我们两个人又低下头来读小红书。幸而谢先生警觉，才避开一场可能的麻烦。后来我与谢先生成为忘年之交。下干校之后，谢先生还用毛笔楷书写过几首诗私下赠我，至今仍保留着作为纪念。顾、谢两位先生已归道山十有余年，这里只是如实记录下自己当时的片段印象，作为对王文的补充。

原载《读书》1995 年第 10 期

似应提到张申府

刚刚阅读了《读书》1996 年第 1 期朱学勤先生《让

人为难的罗素》一文，很受启发。文中深入谈到了罗素与中国，却未提及张申府的名字，似不免使人有缺欠之感。五四时期张申府在北大哲学系任教，曾屡屡为文介绍当时来华之罗素，不仅介绍了他的哲学和思想，且介绍了他的数理逻辑，当为中国介绍此学之第一人。数十年来，张申府一直醉心于罗素，罗素每有著作，他必立即设法找来阅读。50年代（20世纪）初，我偶然阅及当时罗素领诺贝尔奖的演说词，顺便向他提到，他马上到我处向我索去阅读。

张申府从事革命活动甚早，是周恩来入党介绍人，朱德也是他吸收入党的。全面抗战前，"一二·九"运动时，他在清华大学哲学系任教，倡导新启蒙运动，成为当时学生运动极有声望的思想导师。抗战期间，他在重庆从事民主运动，仍念念不忘罗素，曾大力宣扬：中国的未来必须是孔夫子、马克思和罗素的三结合。他的这一三结合理论也曾受到当时进步人士的批评，但他持之弥坚，虽九死其犹未悔。抗战胜利后，他和张东荪两人主持民主同盟，从事民主运动。张东荪在燕京哲学系任教，接梁漱溟手，任民盟秘书长，张申府则主持民盟北方支部。虽然二张后来均因受政治问题牵连，未能继续从事学术活动；但当今研究中国现代思想史的学者，每每有重视熊（十力）梁（漱溟）而忽视二张的倾向，似乎对于历史的本来面貌有失偏颇。

中国学者至今尚无研究张申府的专著，倒是美国人 Uesa Schwascz 写了一部张申府传（《与张申府对话录》），1992 年由耶鲁大学出版。

另外，就我所知，新中国成立前罗素在中国青年学子中间还是很有影响的。他在《自传》中曾有专章谈到他去中国的经历（中译文载《中国哲学》第十五辑），其中似乎并没有什么很不愉快的回忆。他在其他地方多次谈到中国的人和事，也大都是带着高度欣赏的意味的。信手拈出，作为对朱文的补充。

原载《读书》1996 年第 6 期

陈衡哲谈妇女缠足

《读书》1999 年第 10 期刊有杨兴梅先生《小脚美丑与男权女权》一文，对中国历史上的妇女缠足（这一现象堪称中国传统文明的特色之一）做了一番心理分析，读后使我忆及前辈学人陈衡哲先生多年前从另一个角度谈妇女缠足的一番议论。

那大概是 1940 年的春季，西南联大历史系邀请陈衡哲先生来讲话。陈的盛名引来了大批听众，以至昆中北院那间大教室座无虚席。陈先生说，她本来以为只是和历史系一些同学做一次小型座谈会的，不意竟成了一次正式讲演，使她毫无准备。事隔多年，那天陈先生都讲了些什么，我已记不起来了，只记得她谈了些史学方法训练的必要。但是她关于中国妇女缠足的那几段话，我倒是印象颇深，大致未忘。

她说，她发现缠足现象在中国北方要盛于南方；我自己过去也曾发现此现象，我以为那是由于南方妇女较多从事劳动而北方妇女则较少的缘故。而据陈先生说，她猜测（只是猜测）那是由于中国历来蛮族总是从北方入侵的结果。历代北方蛮族的入侵，其意都在于掠夺女子玉帛。缠足妇女行动不便，蛮族入侵者嫌其携带不便，所以往往弃之不顾。这就越发引致了汉族妇女要把脚缠得小小的，越小就越可以对自身起到保护作用，避免沦为异族入侵者的俘虏。这是北方缠足之风盛于南方的原因。这种生活风尚深入人心之后，久而久之，便滋长成为一种夷夏之辨的意识，缠足就成为民族感情的一个标志。汉族就以此自别于非我族类的侵略者，它反映一种思想上的反抗。然而由此也滋长了许多不健康的因素，使人们在心理上、情操上以及身体上受到极大的损害。所谓"东亚病夫"不仅是指身体上，而且也在心态上和情操上，以自我摧残来苟延生命。我自己对这个问题一无所知，只是当时觉得她所谈的也颇合情合理，故而印象颇深。不知道60年后今天的研究者们对这个问题又是如何看法。

陈先生和她的夫君任鸿隽先生均是前辈学者，与胡适先生关系密切是众所周知的事，无待赘叙。但陈先生似乎一直是以"女作家"而不是以"女学者"的声名为当世所知的。其实陈先生是一位专业历史学家，20年代（20世纪）即任北京大学的西洋史教授，是北京大学第一位（或至少是北大历史系第一位）女教授，曾为商务印书馆撰有新学制高级中学教科书《西洋史》上下两册，风行一时。此书现在看来，自然不免浅薄，但内容浅显、文笔清通、叙事清楚，在当时是一部优秀的教科书，尤其在政治上没有任何意识形态的说教，是颇为难得的。但20年后陈先生仍去撰文呼唤中国的"文艺复兴"，就显得过于天真乃至幼稚了。

抗战时期，傅斯年、陈衡哲都已不在北大任教了；但傅仍兼北大文科研究所所长，陈先生也和历史系有联系，她的女公子任以都当时就学于西南联大历史系，女承母业，后以她母亲（英文名Sophia Chen）的奖学金赴美留学，多年来一直在美国宾州大学任教。去岁北大百年校庆，她有意回国参与母校盛会，我曾托北大历史系刘桂生教授与北大历史系联系，北大历史系乃不知有陈衡哲其人，任以都教授亦未能如愿躬逢北大盛会。又，据说陈先生是位个性极强的人，从不愿被人称为女士。1942 年在重庆召开中国历史学会，主席称她为女士，她当场拂袖而去，满座为之惊讶；这是我听北大历史系主任姚从吾老师讲的。新中国成立后对陈先生如何评价我就不清楚了，或许文学界的人应该比史学界的人知道得更清楚。

原载《读书》2000 年第 1 期

释"国民"和"国民阶级"*
——兼忆侯外庐先生

一

侯外庐先生在他的著作中，曾多次使用"国民"或"国民阶级"或"国民权利"一词。如他的《中国古代社会史论》一书在论述中国古代贵族法权的特点时说：

---

* 本文写于1989年年初。

"这种尊彝常用的词语是'子子孙孙永宝用',或'子孙世享'。这是氏族贵族专政的权利专及的表现。这一开始就不是希腊的国民(着重线是引者加的)权利关系的形态。"(第228页)同书又以古代中国对比了古希腊,认为中国古代社会与希腊之不同在于一个是以血缘纽带为基础,另一个则否。

据《家族、私有财产及国家的起源》所说,梭伦的立法,大体上如下:

(一)国民的权利义务,按他们所有土地的财产分别规定,因此地域单位代替了氏族单位。

(二)商业、手工业者在当时成为重要的国民。他们得到了法律的保护。货币的胜利使氏族丧失了最后的地盘。氏族贵族不再是特权的政治集团,雅典人都可以不受氏族血缘纽带的限制。(《家庭、私有财产及国家的起源》,第373—374页)

今按:恩格斯《家族、私有制和国家的起源》有关上述论述的一段话大致是这样写的:

它开始不依亲族集团而依地域的居住地来划分人民了。

现在须要防止这种使自由的雅典人变为奴隶的情形之重演……对于写法也加以修改……

这样,在宪法中便加入了一个全新的因素——私人所有制。国家公民的权利与义务，是按他们土地财产的多寡来规定的，有产阶级既获得了势力，于是旧的血缘亲族关系就开始被排斥了，氏族制度又遭受新的失败。（第112—113页）

以上中译文，这里引用不是《马克思恩格斯选集》4卷本的标准中文本，而是较早的人民出版社发行的单行本，因为它是当时侯先生所依据的本子。恩格斯这段话的德文原文为：

"Nun aber kam es darauf an, die Widerkehr solcher Versklaung der freien Athener zu verhindern."

"Hier wird also ein ganz neues Element in die Verfassung eingefürht: der Privatbesitz. Je nach der Grösse ihres Grundeigentu, ms werden die Recht und die Pflichten der Staatsbürger abgemessen, und soweit die Vermögensklassen Einfluss gewinnen soweit werden die alten Blutsverwandtschaftkörper verdrangt; die Gentilverfassung hatte eine neue Niederlage erbitten."（Berlin, Dietz, 1953, S114-5）

这里的"私人所有制"，原文为 Privatbesitz 而不是 Privateigentum；但通常中文的"所有制"或"所有权"一词，均系与 Eigentum 一词相对应，而 Besitz 一词在中文中则通常作"占有"。（请参看侯外庐《中国思想通史》第4卷序）这段话的英译文为：

"But now a way had to be found to prevent such re-enslavement of the free Athenians."

"Thus, an entirely new element was introduced into the constitution, private ownership. The rights and duties of the citizens were graduated according to the land they owned; and as the propertied classes gained influence the old consanguine groups were drivien into the background. The gentileconstitution suffered another defeat."（Moscow, ForeignLanguages Pub. House 5th imp. pp.187-189）

这里的"自由的雅典人""私人所有制""国家公民"和"有产阶级"的德文原文（和它们的英文译文）分别为：

frei Athener（free Athenian），Privatbesitz（private ownership），Staatsbürger（citizen），Vermögensklassen（propertied classes）.

因此，自由人、公民、土地私有者和有产阶级指的是同一个内容。这也就是侯先生著作中"国民"一词的含义。

二

在中国人民大学编的《马克思恩格斯著作名目索

引》中，并没有"国民"或"国民阶级"条目，只有"国民军"和"国民工厂"（中国人民大学编的《列宁全集索引》中也没有"国民"和"国民阶级"，但有"国民公会""国民收入""国民教育"和"国民经济"诸条目）。看来，侯先生是沿用了"公民"（Staatsbürger，citizen）的旧译法，称之为"国民"的。但是与"国民"一词相关的，尚有"平民"一词。

古罗马时期的"平民"称为 Pleb（源出 Plebiji 一词），他们属于自由民，但是与"贵族"（Patricia）相对立。平民的最初来源是移民以及拉丁区的被征服者，而在早期罗马组成氏族公社并享有公民权的，仅仅是贵族。平民一不能享有公社土地（他们只能根据私有权享有份地），二没有参政权，三不得与贵族通婚。阶级或等级的划分是严格的。平民主要是小土地耕种者，但是他们却掌握着工商业。公元前 6 世纪赛尔维乌斯·图里乌斯（Servius Tullius）实行改革，把平民列为自由民，这是平民对贵族斗争的第一次胜利。公元前 5 世纪罗马共和国时期，平民对贵族之间的敌对和斗争日益尖锐。平民由于掌握有土地，遂进一步要求国家土地、消灭债务和债务奴隶，并分享与贵族同等的政治权利。公元前 5 世纪中叶组成平民大会，颁布十二铜表法，继而获得了与贵族通婚的权利。公元前 4 世纪，平民的债务减轻了，他们获得了国家土地，并可以出任执政官。公元前 4 世纪又废除了罗马公民的债务奴隶。公元前 3 世纪初，确定平民大会的决议有法律效力。公元前 3 世纪末，平民在公民权和参政权两方面都获得了与贵族完全平等的地位。贵族和平民此前是按氏族来划分的，但这时已完全由财富原则所代替。然而，平民在其社会地位上升的漫长历程中，也出现了分化过程。富裕的平民担任高官并进入元老院，与富裕的贵族相埒，这种新贵族称为 Nobilite，他们都是大土地领主并掌握着政权。而同时大多数的平民在法权上虽然也号称平等，但事实上仍居于自由民中贫困的下层，于是 Pleb 一词遂逐渐专指享有法权但无财产的公民。

马克思、恩格斯使用"平民"一词，看来是很严格的。《共产党宣言》提到以往的人类历史是阶级斗争史时，说：

自由民和奴隶、贵族（Particii）和平民（Plebii）、地主和农奴……在古代的罗马有贵族、骑士、平民和奴隶。（《马克思、恩格斯全集》第 4 卷，第 466 页）

在《资本论》中又指出：

古代世界的阶级斗争，就主要是在债权者和债务者间的斗争的形态上运动着。在罗马，这种斗争是因平民债务者没落变为奴隶而终结的。罗马贵族的高利贷一经完全把罗马平民（小农民）破灭，这种榨取形态也就完了，纯粹的奴隶经济就把小农经济代替了。（《马克思、恩格斯全集》第1卷，第143页）

罗马贵族的高利贷一经完全把罗马平民（小农民）破灭，这种榨取形态也就完了，纯粹的奴隶经济就把小农经济代替了。（《马克思、恩格斯全集》第3卷，第773页）

又说：

（罗马）贵族们不是用平民所需的商品如谷物牛马等直接给予平民，而是把那种对于他们自己无用的铜贷与平民，利用这个地位来榨取异常大的高利贷利息，由此使平民变为他们的债务奴隶。（《马克思、恩格斯全集》，第778页）

马克思并引征16世纪西欧（由于地理大发现和贵金属的大量输入而引起的）的价格革命和19世纪美国南北战争的事例，来说明古代罗马平民地位的转化：

贵金属的价值的跌落在欧洲引起的大规模的社会革命和平民用来缔结债务的铜的价值的高涨在古罗马初期引起的性质相反的革命，同样是众所周知的事情。（《政治经济学批判》，第110页）

又说：

联邦（指美国，引者注）南部的真正的奴隶主的数目未超过 30 万人，它是与数百万所谓贫困的白人对立的一个狭小的寡头集团，这些贫困的白人的数目由于土地财产的集中而不断增长，他们的境况只好与罗马帝国极度衰微时期的罗马平民（Roman Plebians）相比拟。（《论美国内战》，第 49 页）

恩格斯在《家庭、私有制和国家的起源》中，有关罗马平民的提法，也有着明确的界定：

这些（罗马的）新的臣民，都是在旧的氏族库里亚（curia）及部落以外的，从而未构成 Populus romanus，即原有罗马人的一部分。他们在人格上是自由人，得占有土地并须纳税和服兵役。但是他们却不能担任任何官职，既不能参加库里亚大会，又不能参与被征服的国有土地的分割。他们构成被剥夺了一切公权的 Plebs（平民）。由于他们的人数日增，由于他们的军事训练及武装，他们成了一种对抗那如今紧闭门户不容一切外来人加入的 the old Populus（旧人民）的可怕力量了。加以土地似乎差不多平均地分配于人民与平民之间，而商业与工业的财富主要是握在平民的手中。（第 124 页）

按：这段话中的"氏族"一词，原文为 Gent。罗马原由 3 个部族（Tribus）所组成。在罗马王政时期，每个部族分为 10 个库里亚（curia），每个库里亚分为 10 个氏族，每个氏族分为 10 个家族。Populus romanus（罗马人民）为全体享有公民权的人，他们唯一的集会形式即库里亚大会。但在赛尔维乌斯改革之后，库里亚大会便逐渐丧失其原有的权力而只保留着形式。所以该书又说：

在罗马，氏族社会转化为一种闭关自守的贵族主义，在它以外是为数众多、只有义务而无权利的平民；平民的胜利摧毁了旧的氏族制度，而在它的废墟上面建立起了国家，但氏族的贵族与平民在国家之中，不久都完全消解了。（第162—163页）

此处的"氏族的贵族"原文为 Gentilaristokratie，即 gentile arstocracy；平民则为 Plebs，即 Plebians。

上述引文可以表明：侯先生所使用的"国民"一词，其含义即相当于马克思、恩格斯论述古典罗马社会时所说的平民。平民（Plebii, Plebejer, Plebs, Plebians）是与氏族贵族（Patricii, Patrzier, Patricians）相对立的自由民。恩格斯认为历史上国家在氏族制度废墟上的出现，曾有过三种主要的形式，即雅典的、罗马的和日耳曼的。侯先生书中主要是以中国古代与雅典（恩格斯所称"最纯粹、最典型的形式"）相比较并使用了"国民"一词。假如我们转而以中国古代与罗马进行比较时，则"国民"一词即相当于"平民"。

三

　　侯先生在他的研究过程中，习惯于深入钻研每一个重要概念的确切含义；每每遇到一个重要概念时，不弄清楚，不肯罢休。作为他的助手，我曾多次协助他翻阅马克思、恩格斯的原文，反复推敲，以求明确各词的原文原意之所在。印象最深的一次，也是工程最大的一次，是侯先生为《中国思想通史》第2、3、4卷所写的序论补，副标题是"封建主义生产关系的普遍原理与中国封建主义"。那是1960年年初前后，侯先生已酝酿成熟这篇文章的基本论点，他和杨超同志充分交换过意见，并由杨超同志执笔写成初稿。杨超同志在研究和写作时，由我协助他改订马克思某些根本概念的明确解释。我先请杨超同志为我讲述文中的基本论点和他本人的见解，那天杨超同志不厌其详地为我缕述两个多小时，主旨是阐明古代与近代的所有制概念的不同，以及我们为什么不能以近代的所有制的概念去理解古代的所有制。他的热情使我深受感动，并且获益匪浅。随后的几个星期里，我们两人就投身于这项工作，查证一些重要术语（如财产、私有制、所有制、占有权、使用权、运动的所有权以及非运动的所有权，等等）的意义和用法，彼此对勘，真是感受到了有如古人所说的"疑义相与析"之乐。记得有一次杨超同志曾向侯先生提道：Verschacheren（Verschacherung）一词在德文中只有"卖"的意思而无"买"的意思；侯先生回答说：有买就有卖，有卖就有买；于是问题就这样解决了。当然，明确概念还只是初步的工作。杨超同志以他所特有的细密的理论思维，终于写出了草稿，经与侯先生多次商讨之后，由侯先生最后删改完稿，这就是现在《中国思想通史》第4卷上卷卷首的那篇总论的由来。这也使我学习到，一个学者的思想成果要经历何等严谨而又艰辛的劳动过程。

侯先生在对待基本概念上这种一丝不苟、务穷其源的习惯，本来是极为有价值的工作。事实上，多年以来我们在许多问题上之所以纠缠不清，乃至出了纰漏的，有很大一部分根源就都出在概念不清上面。

现在侯先生已经离开我们一周年了，中国社会科学院历史研究所中国思想史研究室的同人们（侯先生多年来一直兼任这个研究室的主任）准备为文纪念，我也应命，谨草此文，以志哀思，同时并怀念一位极有才华而又品德高尚的友人杨超同志在"文革"中不幸去世。犹忆去岁当侯先生辞世时，中国思想史研究室的同人曾经聚首一堂，谈论过如何继承和发扬光大侯外庐学派。侯外庐学派的特色，自非浅学如我者一言半语所能穷其堂奥，不过，我以为对于自己进行研究所运用的原理的基本概念加以正确而深入的理解和澄清，应该是其中的一个重要的构成部分，是值得我们认真继承和加以发扬光大的。

原载《纪念侯外庐文集》，陕西人民教育出版社，1991

有关汉学家的汉语

顷阅《读书》本年 3 月号许章润先生《内行的外行话》一文，鞭辟入里，读后深受启发。但该文中有两点似可商榷。

许文第一段有云："其学为汉学，其人为汉学家，杰出者如已故费正清先生、李约瑟先生……单听他们那一口流利的汉语……不得不钦佩他们下的苦工夫。"

按：这一辈的汉学家下了苦工夫，固无疑义；但是说"他们那一口流利的汉语"，则未必尽然。李约瑟先生我曾几次见过，还听过他几次讲演，从未听他说过一句汉语。费正清先生我曾去哈佛访问过他，他先是说汉语，但是词不达意，乃至语不成声，几分钟之后便不得不全部改用英语了。这一辈老汉学家大多是不能讲汉语的，更谈不上"流利"。即如目前健在的狄百瑞教授已年近八旬，是美国当今汉学家的泰斗了，但从来不讲一句汉语，甚至来中国开汉学会议，亦只讲英语，再请人译为汉语。这是事实，既无菲薄之意，也不关乎他们的汉学研究，因为口语能力与学识并无直接关系。年青一代的洋人汉学家倒有不少人是汉语流畅了，然而功力恐未必能及老一代的。

许文末段有云："马克思和雨果激烈抨击八国联军的兽行。"

马克思逝世于1883年，早于八国联军十有七年，雨果逝世于1885年，早于八国联军十有五年，两人激烈抨击的似应为英法联军。

原载《读书》1997年第7期

也谈"清华学派"

◇ 近代中国的学术思想欲求超胜，就必先会通古今、中西、文理；否则就只能自甘于抱残守缺、故步自封而为时代所淘汰。

◇ 我们事实上是无法告别历史，与过去一刀两断进行最彻底的决裂的。你不去正视它，不敢深入虎穴去研究它、理解它，那就只能落得像鸵鸟一样，把自己的头埋在沙漠里，受到愚昧的俘获和惩罚。

◇ 近代中国已经无可逆转地步入了世界大家庭，这一进程只能是一往无前而义无反顾的。近代以来，确实有人也曾想要闭关自守，甚至以天朝上国的姿态妄自尊大，俯视寰宇，结果只是落得一场堂·吉诃德式的闹剧的幻灭。

◇ 全盘抛弃或砸烂本民族的文化传统是不可能的事，但死抱住旧传统不放而排斥一切外来的思想文化也是行不通的。人文学科要想摈拒自然科学与技术进步的成果是办不到的，反之，它们必须最大限度地利用一切可能的自然科学的知识和技术，才可望与时俱进；但是另一方面，一味企图把人文学科的研究对象简单地等同于或转化为自然科学意义上的那种科学规律，也是不可取的。

◇ 糟粕与精华倒不在于事物本身，而在于人们如何运用，而运用之妙则存乎运用者的一心……对于精华与糟粕之分似应有更深一层的理解，不宜停留在天真幼稚的法庭的终审判决上。

　　自从 8 年前王瑶老学长提出"清华学派"之说以来，不少人都谈论过所谓"清华学派"。在近代中国学术史思想史上，究竟存在不存在一个学派是可以称为"清华学派"的？我想，那答案或许应该是在疑似之间。从 20 世纪初（1911 年）清华学校创立到 20 世纪中叶（1952 年）院系调整的 40 年岁月之间，清华学园人才辈出；然而他们各有自己的思想和路数，从来没有形成过一个通常意义的所谓学派，亦即有着一致的立场、观点和方法，一致的主题、方向和兴趣的一个有组织的学术团体。把他们联系在一起的，只不过是共同生活和工作在同一个校园之内而已。在这种意义上，可以说并不存在一个所谓"清华学派"的学派。但在共同的时代与文化的背景以及共同的生活与工作的条件之下，又自然不可避免地在他们中间会产生某些共同之处。这些共同之处在有意无意之中当然会浸润到几代清华学人们的倾向。这些广义的乃至泛义的共同之处，就自然而然地形成了一种共同的情趣和风貌。这或许理所当然地就被人们称为"清华学派"。

这种或这些共同的情趣和风貌又是什么呢？我以为那大抵上可以归结为，他们都具有会通古今、会通中西和会通文理的倾向。17世纪初杰出的科学家徐光启曾有名言曰："欲求超胜，必先会通。"近代中国的学术思想欲求超胜，就必先会通古今、中西、文理；否则就只能自甘于抱残守缺、故步自封而为时代所淘汰。20世纪以来，中国学术界局限于一家一隅的思想的，固然已经逐渐少见了，但并非每个学派、每个学人都会自觉地去追求这种会通。清华学派有着得天独厚的条件，所以能卓然成为这一方面的先行者而开一代风气。他们大都有着深厚的旧学根底，这是我们这一代后人所无法望其项背的。毕竟中国文化有着5000年的积累，而近代的新文化却须从19世纪末年算起，至今不过100年。这个悠久的传统是无法彻底抛弃或砸烂的。它可以说是（借用"文革"的术语）溶化在我们民族的血液里，落实在我们民族的行动中。这里不是一个应该不应该的问题，而是一个可能不可能的问题。我们事实上是无法告别历史，与过去一刀两断进行最彻底的决裂的。你不去正视它，不敢深入虎穴去研究它、理解它，那就只能落得像鸵鸟一样，把自己的头埋在沙漠里，受到愚昧的俘获和惩罚。另一方面，同样无法避免的是，近代中国已经无可逆转地步入了世界大家庭，这一进程只能是一往无前义无反顾的。近代以来，确实有人也曾想要闭关自守，甚至以天朝上国的姿态妄自尊大，俯视寰宇，结果只是落得一场堂·吉诃德式的闹剧的幻灭。而恰好当时的这批清华学人中的代表又正是得近代风气之先而能放眼世界的人们。以早期有名的四大导师而论，梁启超在近代思想文化史上的功绩固然非止一端，但20世纪初大力介绍西方学说，影响了整整一个时代的思想至深且巨，当不失为他一生最为重要的贡献。还记得自己小时候曾看过一本题名为《泰西学案》的书，当是民国初年的出版物了，其序言就推崇当时西学的两位巨擘：一是梁启超，一是严复。而在梁启超介绍泰西学说思想之际，王国维则浸沉在德国哲学康德、叔本华和尼采之中，由此转入整理中国古典历史文化，从而开创了新时代中国文化研究的新局面。随后梁、王两位先生都由西学转治史学。陈寅恪先生继之以兰克学派的家法治史，蔚为一代宗师。陈先生曾留学德国多年，惜乎其受兰克学派的熏陶和影响，至今仍未能受到当代治史学者的重视。与人们通常的观念相反，兰克学派绝不仅以考籍为尽史学研究之能事。在他们考订史学的背后，是有着他们深厚的世界观和哲学信念作为其指导思想的。所谓"客观如实"的那个"如实"，乃是指符合他们的世界观和哲学信念的体系。陈先生是清华学派史学研究的突出代表。他的中学为体、西学为用的思想虽然源自张之洞，但其具体内涵却和张之洞一辈人的大不相同。张之洞的"体"仍然是封建纲常，陈先生的"体"则是对传统文化的一种"乡愁"或"怀乡病"（所谓 Nostalgia）。例如，我们大概不会在陈先生的思想里找到有一点张之洞所极为重视的"君为臣纲"的影子。又如陈先生文章中几乎极少提到他的尊人、名诗人陈三立，又如在他与夫人的唱和诗以及晚年精力荟萃的《柳如是别传》中所充分流露出来对女性的赞美和尊重，都可以看出他和构成传统中学主体的"三纲"，距离得何等之遥远。赵元任先生是世界级的语言学大师，但他对自然科学有着精湛的研究。把自然科学有意识地、系统地引入人文研究，赵先生当为近代开山之第一人。随后，在考古学方面，李济、梁思永、夏鼐各位先生相继大规模使用近代科学方法。有人认为我国当代人文学科的研究，应数考古学的成绩最佳，而这一最佳成绩的取得则是和他们与近代自然科学的结合分不开的。近代各个学科之间的互相渗透和互相促进，乃是大势所趋。一门学科单独自足自立的日子，一去不复返了。

这一学术思想的潮流，实际上乃是这个学派大多数学人的共同倾向。例如吴宓先生教授西洋文学，陈岱孙先生教授西方经济学，金岳霖先生、贺麟先生教授西方哲学，但他们的中学素养都是极为深厚的。朱自清先生、闻一多先生教授中国文学，但都深入研究过西方文学。尤其是在当时新旧文学界的畛域之分还很深剧、老死不相往来的时候，两位先生都是兼通新旧两个领域的大师。冯友兰先生教授中国哲学史，但他所承袭和运用的理论建构却是西方的新实在主义，以至被张奚若先生视为"新理学听了听，实在也没什么新"。这一点更可反映出清华学派当时在学术思想上所鲜明表现出来的同中有异的个性。又如，传统中国哲学偏重于心性义理，而于逻辑分析则不甚措意，而近代西方哲学的特点之一则是把分析方法引入哲学思辨，使得分析哲学蔚为现代哲学的大国。中国近代教育引入数理逻辑的是张申府先生和金岳霖先生。当时西方流行的分析哲学随之也在中国开始萌发。新中国成立后学习苏联，这条学术道路就理所当然地被否定了，未能继续得到发展。多年之后，王浩兄曾感叹地说，倘如这项学术研究能够得到继续发展的话，或许中国学者在这方面已经在国际学术界占有应有的一席地位了。雷海宗先生讲中国史，但他的理论体系是脱胎于斯宾格勒而经他自己改造过的文化形态史观。皮名举先生讲西洋史（他是晚清经学大师皮锡瑞的孙子）每每喜欢引用贾谊政论中的文字。陈寅恪先生论中国文化史，征引了圣·奥古斯丁、帕斯卡和卢梭作为对比。凡此都是没有对中西文化的深入了解的人所做不到的。应该说，相当大的一部分知名的清华学人，如杨振声、刘崇鋐、萧公权、浦薛凤、钱锺书等先生也都是属于这个会通古今中西的行列的。

以上举例限于文科。对于当时清华学派的社会科学研究情况我不甚了了。然而就我所知这些领域"清华学派"的特色也是值得称引的。例如，传统经济学是不大运用高深的数学工具的，而数学工具的使用当时已大举渗入西方经济学，乃至有些经济研究非高等数学家就无法胜任。而当时经济系的一些先生，尤其是中青年中间，已开始在运用数学工具进行作业了，计量经济学的研究已在展开。新中国成立后经过多年单纯地以阶级斗争作为考察和研究经济规律的唯一工具之后，近年来数学工具的应用在经济研究上才又受到重视，被提上了日程。又如在社会学的领域，潘光旦先生研究优生学。这门学科不但在当时仅此一家，即使到今天也还没有正式起步。潘先生一方面大量引用了当代生物学与遗传学的成果，另一方面又结合中国传统文献，写出了《中国伶人血缘之研究》《明清两代嘉兴的望族》等著作，迄今不失为这一方面开创性的尝试。至于其成绩如何，则尚有待于来者的努力。1943年，第二次世界大战方酣，但盟国已转入全面反攻，胜券可操、胜利在望。这一年，钱端升先生就在政治学系开设了"战后问题"这门课，为当时国内高校中的首创。这从另一个侧面表现了清华学人对时代的敏感和学术思想上的领先。这种会通精神同样表现在理、工科老师们的身上。王竹溪先生是物理学的大师（他是杨振宁做研究生时的导师），他编写了一部中文字典，据语言学家朱德熙兄语我，那是迄今最好的一部中文字典。曾昭抡先生是化学界的权威（他曾多年任中国化学学会会长），却同时从事民主运动和多种社会活动，还做过许多次公开讲演，有一次的讲题是《战后苏联在国际上的地位》。刘仙洲先生是机械工程界的元老，他赠给同学们的书是《史记》和《汉书》，还写过《诸葛亮木牛流马考》的论文。这种会通的风格就和当时某些流行的学风形成鲜明的对照。当时中央大学中文系系主任是汪辟疆先生。新生入系，汪先生开宗明义就告诫说："本系力矫时弊，以古为则。"驯致我们中央大学附中的学生都被教导要做文言文。而入西南联大之后，读一年级国文，系里（系主任是朱自清先生）却规定，作文必须用白话文，不得用文言文。读一年级英文所选的文章很有几篇都是"On Liberal Education"和"The Social Value of the College-bred"之类，其意也在养成通识和通才教育，大概因为这是"会通"之所必需。

全盘抛弃或砸烂本民族的文化传统是不可能的事，但死抱住旧传统不放而排斥一切外来的思想文化也是行不通的。人文学科要想摈拒自然科学与技术进步的成果是办不到的，反之，它们必须最大限度地利用一切可能的自然科学的知识和技术，才可望与时俱进；但是另一方面，一味企图把人文学科的研究对象简单地等同于或转化为自然科学意义上的那种科学规律，也是不可取的。因为那样就忽视了乃至抹杀了双方本质上的差异。人文学科研究的对象是彻头彻尾贯穿着人的意志、人的愿望和努力的，它本质上乃是人的作用的结果，而一切自然界的现象却并没人的意志、愿望和努力参与其中，也不是它们作用的结果。所以人文学科发展的途径，就只能是会通古今、会通中外、会通文理。既是会通，就不是简单地非此即彼，一个吃掉一个，或者说一场你死我活的斗争，而是融会和贯通，即你中有我，我中有你，正反双方不断朝着更高一层的综合前进。这一方向固然在近代已成为我国思想史上的一股潮流，然而清华学派得风气之先而引导时代的潮流却是不争的事实。而其间先后几代清华学人在这方面的贡献之大也同样是不争的事实。我以为所谓清华学派从根本上说，应该是指这个趋势或祈向，而不是意味着清华学人都有某种一致的观点或见解。每个人的观点和见解各不相同，表现为多；他们同中有异，又复异中有同。多寓于一，一又寓于多。而此处的一或统一性，或可理解为就落实到这种三位一体的"会通"上面。以上是我个人对于所谓清华学派的一点浮浅而不成熟的理解。

《释古与清华学派》一书评论清华学派每每别有会心，故而全书胜义迭出，使读者恍如行山阴道上应接不暇。例如，它把会通分为三种类型即体用型、精糟型和解释型，但其间又并不存在一条截然不可逾越的界限。这不愧为充满辩证光辉的一种提法。恩格斯曾反复申说，辩证法就是不承认有一条僵硬不变的界限。他用的原文是英文"hard and fast line"一词，作者徐葆耕先生于此抬出了"疑古"本身就是一种"释古"，所以"疑古"与"释古"就不可以绝对划分为两橛。那么准此而言，则"信古"与"崇古"也应是一种"释古"。再准此而言，则在"精糟说"的精华与糟粕二者之间也并不存在一条"hard and fast line"。马克思、恩格斯本人强调辩证法是与形而上学对立的。但人们却往往以形而上学的态度看待辩证法，把精华和糟粕看成是互不相关的两极，而尤其是把两者都看作是事物自身永世不变的客观属性，从而一笔勾销了其间流变不居的互相渗透和转化的关系。确切说来，所谓精华与糟粕都不是就事物本身的属性而言，而是就人的主观而言。日月星辰、山河大地、花开花落乃至鸦片、寄生虫、传染性病毒，等等等等，就其本身作为客观存在而言，并无所谓精华与糟粕之分，所以其本身也就无所谓好坏、优劣或美丑之分。那分别全在于我们主观对它如何加以运用。运用得好，腐朽可以化为神奇；运用得不好，神奇可以化为腐朽。同一个不龟手之药，善用者可以打胜一场战争，不善用者则不免于世世洴澼絖。宋人资章甫而适越，但越人却断发文身，无所用之。糟粕与精华倒不在于事物本身，而在于人们如何运用，而运用之妙则存乎运用者的一心。鸦片可以用作为疗效极好的药物，也可以用作为害人的毒品。因此我们对于精华与糟粕之分似应有更深一层的理解，不宜停留在天真幼稚的法庭的终审判决上。倒不如说，精华与糟粕之分并不存在于对象本身，而存在于我们对它的运用。如果这种看法成立，那么此前流行的精糟两分就似乎有彻底改弦更张、另起炉灶的必要了。当然，以上所说，只是我个人读后妄加引申，深恐未能很好体会作者的原意。

　　同时，我们也切不可把清华学派认为就是他们之间的意见一致。他们虽有共同的兴趣或关怀或祈向，但每个人又都有自己独特的思想和风格。学生在课堂上公开不同意老师的意见，是家常便饭。这一点应该认为是清华学派的特色之一，是清华学派之所以成为清华学派者。上面提到的张奚若先生不同意乃至不同情冯友兰先生也是一例。几经变化的不只是冯先生一人而已。张奚若、朱自清、闻一多各位先生的一生，前后都经历过不少的变化。或许研究者们下笔时用心良苦，想方设法为尊者讳、为贤者讳。越讳，就去真相越远。结果，为尊者讳、为贤者讳，倒成了给他们涂粉或抹黑。他们是活生生的人，因而是充满了矛盾的人。闻先生拍案而起、挺身走出书斋之时，美籍教授温德就摇头叹息说，他（闻先生）是一包热情，搞政治可不能凭一包热情啊！西安事变时，几位先生的态度（当然还不止他们几位）今天大概已经很少有人能认同或理解或秉笔直书了。我们不必苛责于今人，但我们应实事求是地理解前人。不仅在现实政治的层次上，即使在学人们所赖以安身立命的对待传统文化的学术态度上，其间也大有轩轾。西洋文学教授吴宓先生是终生一贯忠心尊孔的，而中国古典文学教授闻一多却是强烈反中国文化传统的，他不仅反儒家，而且也反道家，他那态度不禁使人联想到恐怕只有稍早的鲁迅先生可以与之媲美。在整个近代中国文化思想史上，坚决维护和弘扬传统民族文化已成为一种根深蒂固的情结，而猛烈抨击和否定传统民族文化，也已成为一种根深蒂固的情结；但近代的，中国文化思想就是在这一二律背反之中前进着的。当今研究闻先生的人，大抵都只着重谈他民主斗士和民主烈士那一面，而对于成其为斗士或烈士的那种强烈的反传统文化的思想理论基础，却不知何以往往不肯深入涉及。对这个学派的研究，还有待于学术界更进一步来努力。目前，葆耕先生的这部文集，可以说是对这一研究做出了一个可贵的开端，足以启发今后从事这一研究的学者们。

收集在这部书里的是葆耕先生近年有关释古和清华学派的论文。葆耕先生于付梓之前，嘱我写一个序言，或许是鉴于我的出身也和这个学派略有渊源的缘故。其实，我虽出身于西南联大，但对于这个学派却从未能窥其门径。更何况我于文学是外行，竟然提笔作序，诚难免佛头着粪之讥。但由于文集多篇是谈清华学派的，其中涉及一些当年的师长，我于有幸率先拜读之余，偶尔自然也不免触发一些感受和联想，爱拉杂书之如上，以就教于葆耕先生和本书的读者。

推荐书目：

徐葆耕：《释古与清华学派》，清华大学出版社，1997年。

原载《读书》1997年第8期

沉钟亦悠扬

◇ 以正统"真儒"自命的人，骂别人是"伪儒""俗儒"，自己是否就是真儒？西方历史上那么多教派，互相咒骂别人是"敌基督者"，是否自己就是真基督徒呢？其实，这些无非都是为自己争"正统"、争"道统"的封建陋习，说穿了无非是在争自己的垄断特权。

近些年来，大概是由于感到单独的某一部书尚不足给人以有关某种思潮的历史的全貌，所以各种"丛书"已陆续出版了若干套。目前由广州日报大洋图书编译室策划的"沉钟译丛"，已由贵州人民出版社出版了第一辑共 10 种。我看到了其中的 3 种，即费希特《论法国革命》、阿克顿《自由的历史》和拉斯基《思想的阐释》。

费希特是继康德之后、领先于黑格尔的德国古典哲学大师之一。国内读者一般均已熟知康德、黑格尔的名字，而对于其他的德国古典哲学家却不甚了解。其实，那是一个伟大的学派，费希特则是其中承先启后的中流砥柱。尤其是，费希特恰逢法国大革命之后拿破仑大军横扫德国的年代，他那份热情洋溢的《告德意志人民书》不知激起了多少德国青年踊跃投身于"解放战争"的热情。中国读者之理解法国大革命，大抵只限于法国启蒙运动的少数代表作品。如果能同时参看一下同时代德国启蒙运动和当时的德国古典哲学的一些作品，当会对法国革命的深厚思想底蕴有更进一步的了解。梁志学先生是精研费希特的专家，他们译的这部费希特《论法国革命》不仅有助于读者更好地理解法国革命，也可能使人更好地理解革命于一般。真正的理解是需要好学深思的，非徒是束书不观、游谈无根，仅凭装腔作势哗众取宠就可以大言欺世的。

本译丛的另外两部，即阿克顿的《自由的历史》和拉斯基的《思想的阐释》也同样值得读者咀嚼。阿克顿是19、20世纪之交英国的史学大师，尽管著作不多，蜚声世界史林的《剑桥史》丛书就是他和柏里主编的。而中国读者所知道他的，大概也仅限于他那句名言"权力生产腐败，绝对权力生产绝对腐败"而已。其实，阿氏对自由，别有自己精闢的义解，与众颇为不同，具是本书。拉斯基是20世纪英国政治理论界的权威，新中国成立前拉斯基这个名字在我国学术界是流传颇广的，有些学人曾颇受他的影响，或者就是他的及门弟子。我这一辈人做学生时，"政治学概论"这门课必读的参考书之一就是他当时的新著《国家的理论与实际》，期终还必须交一篇读此书的报告。虽然拉氏并不自称为马克思主义者，他的结论也和马克思的不同，但他思想的渊源曾深受马克思的影响，却是了无疑义的。以正统"真儒"自命的人，骂别人是"伪儒""俗儒"，自己是否就是真儒？西方历史上那么多教派，互相咒骂别人是"敌基督者"，是否自己就是真基督徒呢？其实，这些无非都是为自己争"正统"、争"道统"的封建陋习，说穿了无非是在争自己的垄断特权。我们对历史上各派学说似乎也应采取一种更为博大宽容的看法，不可局守狭隘的门户之见而故步自封。在这种意义上，马克思的影响就要比我们习惯上所认可的更为广阔而又深远得多。这里所介绍的拉斯基，乃至当今西方史学界风靡一时的年鉴学派，都是显著的例子。

以上各书均系精选的名家名著，观点尽管各不相同，然而都是好学深思之士虚心涵泳探索多年的成果，这对我们当今学术市场飞扬浮躁、目中无人、空手炒作以为天下之美尽在于己的庸俗学风，也不失为一剂很好的针砭。"沉钟译丛"已为当前学术界做出了很好的范例，谨祝它继续努力，为我国学术界真正的（而不是虚假的）繁荣做出更多更大的贡献。

推荐书目：

"沉钟译丛"，贵州人民出版社，2001年。

　　〔德〕费希特：《论法国革命》。

　　〔英〕阿克顿：《自由的历史》。

　　〔英〕拉斯基：《思想的阐释》。

原载《中国图书商报》2002年2月28日第14版

观历代帝王庙有感

◇ 无论如何，历史终究是由胜利者而不是由失败者所写的。

◇ 彻底砸烂一切旧文化，在理论上是错误的，在实践上是行不通的。因为新文化正是在旧文化的基础之上发展出来的。我们高出于前人，乃是由于我们站在了前人的肩膀之上才获得的。没有前人创造的一切，我们的一切就都要从零开始。正因为有了前人的基础，我们才得以超胜于前人。我们看到了旧时代的辉煌，也要看到旧时代的黑暗。文化上的虚无主义毕竟不可以简单地就代之以全盘的复古主义。

◇ 帝王专制的时代已经一去不复返了；很好地理解那个已经过去了的时代，却是我们今天创制民主时代的必要条件。

前些天媒体上报道北京阜成门内的历代帝王庙已经

重新修缮完毕，即将开放，遂与中国社科院历史研究所冯佐哲先生同往参观。小时候，我家就住在帝王庙北边第二条胡同口，每次出门去西四牌楼必经过帝王庙，总想入内看个究竟，然而始终未能如愿。因为当时它是幼稚师范学校的所在，不能入内参观，后来又改为北京市女三中。不意这次去参观，想能一偿夙愿，却仍然被拒之于门外，说是要待到五一节才正式开放。我们只好向管理人员疏通，幸得帝王庙管理处主任吉小平先生看在历史学同行的分上，慷慨地网开一面，又承蒙他亲自引导着我们参观了全部建筑。

历代帝王庙始建于明嘉靖九年（1530 年）。明太祖建都南京时，曾在南京修建有帝王庙，对以往历代帝王的祭祀典礼均在南京的帝王庙内举行。明成祖迁都北京以后，祭典有时候是在南京，有时候是在北京举行。直到嘉靖御位，才在北京修建了这座历代帝王庙。按皇家的首都建制，应该是：前朝后寝、左祖右社，另有天、地、日、月、社稷各坛以及崇拜稼穑的先农坛，分布在京城的南北东西四方。除了祭祀本朝祖先的太庙而外，还应该有祭祀以前历代帝王的帝王庙。又由于嘉靖本人笃信道教（权相严嵩就是由于善作青词而得以擅权的），所以又在紫禁城的西北方修建了一座最大的皇家专用的道观，即大高玄殿。直到 20 世纪 50 年代之初，这座道观前面那片美妙绝伦的牌坊（"先天明镜""太极仙林""孔绥皇祚""弘佑天民"）还巍然屹立在大道上。后来成为商业区的北京南城，也是嘉靖时期扩建的。此后的北京城建制，直迄20世纪中叶，基本上规模未变。明世宗嘉靖皇帝本是个不称职的皇帝，谈到他的政绩实在是无可称道。然而正是在他御位期间，却完成了完整的首都建制这样一桩大业（又，今天列为联合国世界文化遗产的昆曲艺术，也是在嘉靖时期定型的，尽管与嘉靖本人无关）。又，据吉主任说，目前此次重修帝王庙的工程，单是拆迁庙内的后代建筑，就花费了两个亿以上。然则当年皇都建筑又耗费了多少人力物力？对此，我们今人又应该怎么看待和评价呢？是应该谴责他榨取民脂民膏，挥霍人力物力？还是应该肯定乃至赞美他为世界留下了一片不朽的民族文化的瑰宝？古埃及的金字塔、古巴比伦的空中花园、古希腊的帕特农神庙（Parthenon）、中国古代的长城，等等——这些在后人前来凭吊古迹之余，恐怕都会引起人们无尽的遐思和惆怅吧！

但最令我感兴趣的，却是庙中祭祀的究竟都是哪些古代帝王以及他们的哪些文臣武将；而又有哪些是被排摒在外了的？庙中所祭祀的历代帝王以三皇五帝为首，尽管三皇五帝都是蒙昧无稽的传说，不过这一点或许反映了我们民族长期积淀的那种崇古乃至炫古的情结。此下夏商周三代的世系则排列分明。但是周以后却直接就是汉，而统一宇内的秦代竟然被一笔勾销了。帝王庙例最初只供奉大一统的开国皇帝共16人，后来不断地增多。康熙临终前曾有谕旨：凡曾在位，除无道、被弑、亡国之主而外，尽宜进庙崇祀。所以到了雍正朝，入祀的历代帝王已达164人，从祀的贤臣共79人。到了乾隆时期，入祀的帝王增至188人，而从祀的文臣武将仍为79人。秦始皇是中国大一统的第一个皇帝，之所以被开除出局而未能入祀的原因，想来应该是因为他是个公认的无道暴君（何况他又是"以吕易嬴"的一个私生子）。而秦二世则是个荒淫无道的亡国之君，所以秦代虽然是中国历史上第一个大一统的王朝，且对以后各朝各代有着巨大的影响，但却不能在帝王庙中有一席它本来应有的合法地位。

在东汉的诸帝之中并没有最后的那个献帝的位置，想来大概也因为他是个亡国之君，把皇位拱手让给了曹丕的缘故。在接踵而来的三国时期之中，只有一个皇帝是入祀的，那就是蜀汉的昭烈帝（刘备）。此外不但没有曹魏诸帝，没有吴大帝，甚至也没有接踵继统的西晋司马氏诸帝。这一点想来是由于传统往往都是以蜀汉为正统的这一偏见所致。魏与吴固然不是大一统，但后世的辽与金也都并非大一统，而辽金的帝王却又都入祀帝王庙，不知是否由于辽、金与清朝在种族上有血缘关系的缘故，故而取得了合法的身份。至于大一统的西晋诸帝之所以未能入祀，猜想或许是由于历来都认为司马氏是篡夺王位（"狐媚以取天下"）的缘故。不过，又有哪个王朝真正是吊民伐罪而取天下的呢？连杰出的英主唐太宗，不是也弑兄杀弟吗？亡国之君一般是不能入祀的，如北宋的徽、钦二帝，元代的顺帝。然而明末的那个亡国之君明思宗（崇祯皇帝）却又是入祀的。清朝入关对于明思宗的政权表现出一副优渥的姿态，这或许是出于政策上的一种需要。至于在北京紫禁城内武英殿登基的大顺皇帝李自成，大概是在位的时间太短了，不然委之以年的话，是否在庙中也有他的一席地位呢？但若果真如此的话，岂不是又无法论证"自古以来得天下之正未有如本朝（清朝）者"的命题了吗？谚语有"成者王侯败者贼"的说法，太史公也有"窃钩者诛，窃国者侯。侯之门，仁义存；非虚言也"的说法。无论如何，历史终究是由胜利者而不是由失败者所写的。

在从祀的功臣之中，也有不少颇为耐人寻味的问题。像李斯这样一个重量级的开国宰相就未能入祀，那自然是由于秦始皇、秦二世、孺子婴都没有资格入祀的缘故。汉高祖理所当然是应该入祀的。"汉初三杰"萧何、韩信、张良，萧何、张良两人是入祀的，而韩信则被撤销了资格，那大概是由于他背上了叛国谋反的罪名的缘故。两千多年以后的今天，回过头来看未央宫演出的那一幕，似乎没有必要再妄加什么褒贬了。双方都必须遵循权力运动的游戏规则，尽管韩信觉悟得晚了一些，但总还没有至死不悟。任何游戏，总归是有胜有负，胜者也不必就盛气凌人，败者也不必就怨天尤人。胜负本来是兵家常事。帝王庙把韩信排斥出局外，正是遵守游戏的规则。居功自傲乃至功高震主，无疑只能是自取灭亡。功则归上、过则归己，本来是身为妇妾、事人以颜色理应遵循之道。

三国时期的名臣，只收入了三个人，均属于蜀汉。诸葛亮自然是不成问题的，他是一位难得的纯臣，鞠躬尽瘁、死而后已，名垂宇宙、万古云霄。关羽在历史上不过是一员战将，后来却被尊为帝，到处都建有关帝庙。他不仅是人世间的"关圣帝君"，而且成为"三界伏魔大帝"。所以帝王庙中专门为他修建了一座庙，以示不能等同于其他入祀的功臣。何以一员武将竟至被奉为神明？这或许与清朝政权的勃兴有关。满族本来是文化比较落后的，这一点可以从他们只是在入关之前不久才创制文字就可以想见。也像北方许多游牧民族一样，他们尚武，因此要崇拜一个战神。于是三国演义的故事就成了他们的史诗兼教科书。他们从那里面学到了军事学和作战方略（用反间计谋杀袁崇焕即是一例）。这或许就是关羽被神化的由来。这或许也可以解释，何以三国魏晋时期唯有另一员武将得以入祀帝王庙。那就是赵云。赵云的忠心和英勇具见长坂坡单骑救主的故事。它是那么的深入人心和清朝统治者之心，乃至使得赵云在那个历史时代的诸员战将之中能脱颖而出，独自享有入祀帝王庙的光荣。

整个魏晋南北朝的300多年间，并无一个功臣得以入祀帝王庙，尽管这一漫长的历史时期共有21个帝王入祀，占了入祀帝王总数的百分之九。南宋入祀的名臣之中有岳飞和文天祥，一个是抗金的民族英雄，一个是抗元的民族英雄。可见清朝的统治者并不忌讳汉族抗敌的英雄人物。不过明末的史可法却未能入祀，不知其故安在？从多尔衮致史可法书中即可以想见史可法在抗清中的重要性。或许是出于名额有限的缘故吧。帝王庙中虽然供奉了188个皇帝，而分配给名臣的席位却仅有79个。

一座帝王庙似乎又把过去的历史带到了观者的心目之前。过去的历史并没有消逝，它仍然活在现代当前的历史之中，正如我们老祖宗的遗传基因就活在我们灵魂的极底，就活在我们的内心深处。我们的身上和我们的心底就载负着古代的基因。后王为先王排座次，正是为自己保特权。道统和法统的统一，从来都是专制主义在意识形态上的基础。后世统治者着意捧出来传统的圣君贤相，亦即乾隆御旨所谓的"中华统绪，不绝如缕"，无非是要论证自己的绝对权威的正当性与合法性。历史本身也具有其二重性，它既是过去的重演，又不单纯地只是过去的重演。而人们对历史意识的自觉和警惕，则是使自己不再重蹈前人思想奴役之窠臼的保证。当然，彻底砸烂一切旧文化，在理论上是错误的，在实践上是行不通的。因为新文化正是在旧文化的基础之上发展出来的。我们高出于前人，乃是由于我们站在了前人的肩膀之上才获得的。没有前人创造的一切，我们的一切就都要从零开始。正因为有了前人的基础，我们才得以超胜于前人。我们看到了旧时代的辉煌，也要看到旧时代的黑暗。文化上的虚无主义毕竟不可以简单地就代之以全盘的复古主义。善于利用前人的遗产而精进不息，这正是我们优越性的所在。我们既要珍视并好好保护我们的历史文化遗产，也要正视其中所曾付出的沉痛的代价。帝王专制的时代已经一去不复返了；很好地理解那个已经过去了的时代，却是我们今天创制民主时代的必要条件。法国巴黎有一座先贤祠（Le panthéon），入祀的都是法国历史上对法国文化做出了杰出贡献的名人（最后一个去年入祀先贤祠的先贤是大仲马），但是在法国并没有听说有一座历代帝王庙。中国有帝王庙，却没有先贤祠。

原载《博览群书》2004 年第 6 期

当代西学翻译与出版的病灶

◇ 我们也有外语学院，但那里培养的都是语言人才，缺点是没有专业，最近几十年，翻译界最大的问题就出在这里。

◇ 有些单位规定，翻译不算学术成果，我认为也不能一刀切，得看翻译什么东西。假设你把马克思《资本论》三卷都翻译出来，怎么能不算学术成果？

近代史西学译介的两次高潮

最早可追溯到 19 世纪末，即晚清，国人开始比较有意识有目的地翻译介绍西学。一般认为"中学"是古代的东西，西学是现代的东西。19 世纪末，中国社会开始了现代化进程，中国的思想、学术自然也要向现代化转型，翻译是第一步。那时主要是跟着西方的潮流跑，比如，因《天演论》等译著的出版，最早在国内产生影响的达尔文进化论，当时在西方也很流行，不只是物种进化论，还有社会进化论。这可以说是西学译介引发的第一次思想震荡。当然最著名的译者就是严复了，严复是大师。

总的说来，那个时代的知识分子思想还很传统。比如，不使用白话文写作，严（复）译《天演论》等（后来商务印书馆出版有严译世界名著八种），都是用桐城派古文写就的，已经不符合时代发展的要求了。

那时中国面临的都是很现实的问题，严复在翻译的过程中添加进去很多自己的想法，夹议夹批，也不尽然符合纯学术的标准。还有一位译家，也是严复的老乡，叫林琴南（林纾），他的译法更原始，他不懂外文，就请别人给他讲，他来写。实际上，他是根据人家的内容，自己写了本书，他自称为"译述"。林纾的翻译是否忠实于原著，很大程度上取决于他的合作者。这些合作者中只有一个是比较好的，叫作魏易。

中国离日本很近，有一部分东洋留学生，从日文转手译介西学经典，多少带点儿日本气。中国离欧美都很远，因此，去欧洲和美国的留学生都很少，翻译的东西也就不多，这就有点偶然性了，碰到某一个人，读到某一本书，于是就翻译了，并不是有一个很全面的规划。

我觉得一直到今天也还没有改变。比如说，我是搞哲学的，就没有看到这方面的大的规划，当然小的规划还是有的。但就不像西方，搞古典学的，搞古希腊古罗马的，很齐整，资料也很现成，他们有一套"洛布（Loeb）丛书"，把古希腊、古罗马的著作都收齐备了，就像是我们的"诸子大全"。

西学经典的翻译与出版到五四前后达到了一个高潮，在开放观念的主导下，西方那些流行的理论和思想都被介绍了进来。五四的功劳是很大的，当然也很不成熟，事物发展规律即是如此。

当代西学经典翻译与出版的病灶

20世纪50年代，新中国成立后，西学经典的翻译与出版，每个时期都有每个时期的热点。比如说20世纪50年代中国全面学习苏联，而且是整个照搬过来，所以，有一阵子苏联的文艺理论和作品是最流行的，但也只是几年的时间，很快这阵风就过去了。令人遗憾的是，在这方面我们没有一个全盘的规划。译者也有点儿盲目，就像单干户、个体户，自行其是，自己喜欢什么，就译点什么。而且也没有一个专业资格审查，好像你只要认得哪国文字，哪国的什么著作你都能翻译，这是荒唐的。比方我也认得几个中文字，但你什么专业著作都来找我，什么原子能、航空、无线电的，我根本就不懂，最多只认得那些个汉字，但那跟专业没关系，专业翻译必须懂得专业。我们也有外语学院，但那里培养的都是语言人才，缺点是没有专业，最近几十年，翻译界最大的问题就出在这里。

下面这个例子我可能言重了。谈到"天赋人权"，译者常译成"by heaven"，意思是"由上天……"这跟"天赋人权"的意思截然相反。稍微读一点历史的人都知道，天赋人权论是18世纪法国和美国革命的理论根据，就像阶级斗争是19世纪社会革命的理论根据一样。什么叫"天赋人权"呢？原文是"by nature"，"上帝赋予的"，是否正好与原意南辕北辙？过去皇帝为什么有最高的权力？因为天子受命于天，是天给"我"的（"by heaven"），中西方皆然。西方也是讲皇权神授，是上帝给予"我"的权力来管理"你们"。像这种基本理论完全搞错了，实在不应该。

我看过几部书稿，原著上根本就没有的东西，译者也硬给加上去凑数；有的则相反，图省事，简略掉了。比如，有本书上有一段景致描写，应该如实翻译出来的，译者偏一句"很漂亮"一笔带过。还有的错误百出，这些都是极不负责任的。解决这个问题，首先汉语要规范；其次，要忠实于原文。信笔就来，那你自己写本书可以，就不用译人家的了。鲁迅先生曾经提倡硬译，当然硬译也不合适，因为毕竟是中文，不能按外文的规矩来。可是，我想他那也是严格要求的意思吧，至少你的翻译不能跟原文完全对不上口径，自己胡编乱造。

还有一个奇怪的现象，讲到翻译，不问质量，只问数量，某某人了不起，译了几百万字了，某某人几千万字了，净论这个。老子《道德经》才五千言，那可评不上教授了。还有些考核规定必须发表3篇文章，你管他发表几篇呢，就一篇（只要够分量）也可以嘛，你写了30篇（无用的），等于零。我们历史研究所也是一评的时候，谁谁谁多少万字，我开玩笑，照你这么一说，牛顿也评不上，牛顿的万有引力定律才几个字啊，写出公式来才几个字母，用语言来表述就一句话。还有就是，完全认牌子，要认定你在哪一级的刊物上发表的，照这么说，高级别的刊物，就只有好文章，没有坏文章了？反过来说，一个不起眼的杂志就不能登一篇好文章？我听说这些很生气。20世纪70年代，中苏论战的时候，有9篇大文章批评赫鲁晓夫，人称"九评"嘛，我们都学习的，那时候学习了差不多两年时间，后来出了一本书，人手一本。当然现在看来是毫无意义的，赫鲁晓夫垮台了，苏联也解体了。文章的分量也是要经过历史检验的。有些单位规定，翻译不算学术成果，我认为也不能一刀切，得看翻译什么东西。假设你把马克思《资本论》三卷都翻译出来，怎么能不算学术成果？《资本论》不光是德文的问题，还涉及历史学、经济学等问题，你没有那个笔力，你翻译不出来的。我在社科院的时候，有人写了本《马克思论……》，把马克思的话摘那么几段拼凑起来，就算你的研究成绩？有人同我讲，量化好，便于统计。或许现在通行的办法可能操作起来最省事儿，但有时也过分得荒唐了。像我们单位招聘，要求都得是博士。博士就都好吗？不是博士就不好吗？后来因为博士太多了，又加了一个档次，叫博士后。博士后本来不是一个学位，现在也成了门槛了。要是爱因斯坦到中国来呢？称呼他爱因斯坦教授？当然，学历也是一个参考数据，但是不能单论头衔。例如，我们清华的华罗庚、钱锺书都不是博士，但很有水平，年轻时就成了教授，本来就不需要嘛！

原载《中国图书评论》2010 年第 6 期

关于柏克《法国革命论》
——我的一点答复和意见

◇ 译文既是要把另一个时代和民族的思想介绍给本国人，就应该把那种与本国习惯迥不相侔的思维方式和表达方式也尽可能忠实地介绍过来，非徒介绍原作者的理论论断而已。

《战略与管理》本年第四期载林国荣先生《解读柏克》一文，文中批判了拙译柏克《法国革命论》一书。现借贵刊一角略陈我的答复和意见。

一

两年前香港《二十一世纪》即载有王倪先生一文批

判拙译，原文甚短，仅一小段，谈及两事：一为文中第一句话译反了；二为文字拗口，颇欠流畅。所谓第一句话译反了，乃是该句中遗漏了一个"不"字。此句原文并不难读，任何读者均不致误解。至于何以竟漏掉了一个"不"，或是当时原稿抄漏，或是编辑清样之误，或是手民误植。因原稿不在手头，难以查检。不过既然署名拙译，自应由我负责。然而，这一遗漏已经当即补正。拙译文种种错误，林先生虽宽宏大度代为遮羞，却又情有独钟，唯于此一处径自抄袭前人，却又不看原书，不注明出处，而仍指已经补正之文为错误，结果把事情正好说反了。现今印刷，众所周知是"无错不成书"的，乃林先生竟不顾原书业经补正，盲目抄袭前人，乃至连抄袭都弄错了。这种批评怕也是"很成问题"的吧。

二

　　译文风格涉及对原文的理解问题，每个人当可以有自己的理解。林先生作为专家，当不会不知道18和19世纪的不少作家，其行文风格每每沉闷、冗长且又极其拗口，一句话每每长至一整页。这种文体固为一时风尚，但亦未可厚非。柏克也好，康德、黑格尔也好，乃至马克思也好，其思想的力度正是通过这种文风与思路来表现的。译文既是要把另一个时代和民族的思想介绍给本国人，就应该把那种与本国习惯迥不相侔的思维方式和表达方式也尽可能忠实地介绍过来，非徒介绍原作者的理论论断而已。这一点，当年陈康先生译柏拉图《巴曼尼得斯篇》时曾详加论及。假如把这些人的著作都译为流利顺口的文字，那还能说是柏克、康德、黑格尔乃至马克思诸公的作品吗？如果执此标准以求的话，那么最好还是请去阅读儿童文学或通俗普及的读物吧，不必要读什么经典著作了。河上肇写过一部《通俗资本论》，不过那是河上肇的作品，不是马克思的作品。译文当然不应拗口难读，但首先必须求"信"，即忠实于原文的内容与表达方式，否则的话自己尽可以另外去写一部书。在这一点上，似不必罢黜百家定自己的意见于一尊，以我为准。更加令人匪夷所思的是，林先生竟然断言：何怀宏先生之认为柏克行文"汪洋恣肆"，都是由于拙译文的误导所致。我素不能为文，曷克当此？何怀宏先生称道的"汪洋恣肆"乃是指柏克的行文，并非指我的译文。今作者无端将此四字强加于我头上，亦不知是骂是捧，实在是令我诚惶诚恐，啼笑皆非。

三

　　译文是给本国人看的，往往不可避免地要加上一些注，目的是要方便读者，并非要借此写什么雄文高论，旁征博引，哗众取宠，大言欺世。任何编者或译者的注，都不是自己的发明创造，林先生所称引的"原编者"也不例外。任何原编者的注虽也都是辗转抄来的，我还没有见过有哪位原编者是说明过自己加注的出处来源的。即如林先生之宏文，长篇大论，岂亦语语尽出于自己的天才创见，而从未有任何前人提到过其中的一语乎？然而亦不曾见林先生语语都注明了出处。算不算"也有抄袭之嫌"呢？惯例，需要注明来源出处的只是两种情况：一是引文需要注明出处，不可据为己有；二是重要的理论观点凡非己出，应该注明来源。此外，一般知识性和常识性的说明，从来都是不需要（也不可能）注明出处的。手头今天的《人民日报》即载有一篇《日本与亚洲国家大事记》，文中罗列自公元57年至2001年若干大事，其中并无一条是注明了来源出处的。这能说是抄袭吗？这类常识性的说明（虽说未必人人尽知）根本没有必要和可能一一注明出处。如其中的一条是："1945年日本宣告无条件投降。"我不知道像这类的内容，林先生应该如何说明其来源，始能表明作者并不是

"私自"剽窃前人据为己有的？既然这类说明，任何原作者、原编者也都是辗转抄来的，所以，凡是一般工具书中都会有的知识，尽人皆知，是根本无须说明其来源的。倘若当今的编辑先生竟然有此要求的话，那么就请原谅我的无知，并希望编辑先生能做出一个示范。即如林先生之知有柏克其人，岂生而知之乎？非也。亦必是从某书上抄来的，然则何以不注明其出处，岂非亦有"私自"抄袭之嫌？这些都是常识，没有详究的必要。

拙译各书所加的译注，凡属前人研究成果，不敢掠美，均于书首译序中明白交代。如帕斯卡《思想录》译序中即说明："译文凡遇疑难之处，基本上均依据布伦士维格的解说；译文的注释部分也大多采自布伦士维格的注释而有所增删，有时也兼采他书或间下己意，以期有助于理解原文。"又如卢梭《社会契约论》译序中即说明："此次再版，注释亦有较大的增删，大多采自哈伯瓦斯、伏汉、波拉翁各家……个别地方亦间下己意。"但因均非引用原文，故无须注明出处。译注的目的都只是"以期有助于理解原文"，不是要写学术考据论文，又何必用一大堆的出处向读者炫耀自己的博学。柏克本书流行版本甚多，各有其"原编者"，林先生既提出所谓"原编者"，却又不肯指出此"原编者"为谁，使我无从答复。"人人丛书"根本没有标明"原编者"

为谁，可见也并不视之为著作。既不是著作，何抄袭之有？我的译注一部分亦来自该书，但不是引用原文，一部分则来自其他版本和书籍。但拙译的注释不多，且又属常识性的说法，根本没有注明见何书、何版、第几页之必要。这是要请林先生鉴谅的。特此说明。

四

林先生又评拙译柏克《法国革命论》之"论"字为不当，以为"论"字应作"随想录"。林先生既是柏克专家，又于拙译不假颜色，想必是看过了拙译的。拙译第一版（香港牛津大学出版社，1996年）书名的"论"字本不作"论"，而是"反思"，后来大陆版始改为"论"。"反思"一词者正是国内近年来对 reflection 一词的通行译法，林先生当无不知之理。我以为"反思"即是"论"，然而"反思"也好、"随想"也好，均不及"论"字之为妥当。盖反思或随想虽不必发之为长篇大论，而长篇大论则必定是反思的结果也。"随想"一词尤为不当，此词当今习惯上系指市上流行的"随笔"或"杂感"之类的小品文，几近轻松即兴的闲情逸致，自非柏克本书之所宜。"论"者可以涵盖反思、沉思、感慨、感触、联想、随笔等等，均无不可；但反之，以上种种均不可径称之为"论"也。拙译康德《论优美感与崇高感》一书，其"论"字原文为 beobachtung，英译文作 observation，通常中译均作"考察"，但我意亦以为"论"字为宜。盖"论"即涵盖了"考察"，而"考察"殊不足以尽"论"之一词也。即如周作人"苦雨""苦茶"之类的小品，亦可以称之为随想或随笔，然殊不足以当"论"字。古文中的《六国论》《过秦论》本来亦只不过是作者触景伤情，就往事抒发个人的感触，地地道道是随想，而非是论证什么体大思精的形而上学的体系，但篇名却作《六国论》《过秦论》，恐不宜按林先生指示改作《六国随想录》《过秦随想录》吧。柏克的雄文健笔自亦不宜以"随想"称之。愧我不才，实在觉得莫测高深，何以"论"字就会"错失了"本书的"色彩和内质"。相反地，我倒觉得正是"论"字始足以表现本书的所谓"色彩和内质"。鄙见如此，重违林先生之教诲，失敬多多矣。

友人北大刘皓明先生精研柏克，前在国内时，曾屡与我讨论柏克。后来刘先生出国，即以其所藏柏克之书贻我。出国之后又尝撰有论柏克思想之文章，与我讨论柏克，载在前岁之《读书》上。拙译出版后，亦曾请刘先生过目。友人北大许振洲先生专攻西方政治思想，亦系与我共译柏克此书的合作者。两位先生于"论"字或译注亦均无异词。可见同是柏克专家，亦不必即以林先生的意见为准也。

我自愧并未读懂柏克，所以不敢妄论柏克，亦不敢妄论林先生是否即读懂了或"解读"了柏克。我自己是属于报废了的一代，学业荒疏，故唯有以抄袭前人为事；为后来者之所讥，固其宜也。今拜读作者宏文，意气风发，横绝一世，诚属不朽之盛事；然似宜再辅之以虚心涵泳、实事求是，庶几可免再蹈我们报废了的一代人的覆辙，重为后来者所讥。虽后之视今犹今之视昔，然恐未来一代，年少气盛，未若我们报废了的这一代人之义微而词婉也。

原载《战略与管理》2001 年第 5 期

人是一根能思想的苇草 *

◇ 没有人的思想，也就没有人文史。都是人的思想赋给了历史以活的生命。假如没有理想、热望、感情、德行、思索乃至贪婪、野心、狂妄、愚昧和恶意等等，也就无谓人的历史了。

◇ 思想不应该预设结论。人们不应该为了达到什么结论而去论证。反之，我们应该是通过论证而达到毫无预先设定的任何结论。思想不应该是在某种有预定倾向性的指导原则之下进行，这是唯一正确的思想方式。

◇ 反观历史，意识形态的独断与对教条的无限崇拜乃是导致中世纪走入黑暗时代的原因。

◇ 思想形成了人的伟大。——帕斯卡

---

* 本文系选自《何兆武学术文化随笔》，北京，中国青年出版社，1999年。标题系编者拟定。

收入这本小书里的是近些年在不同情况下零零碎碎写的一部分小文，其中大多数已发表过；此次又应编者之邀重行编订一册，收入"学术文化随笔"丛书中。同时还要求我须按本丛书的体例写一篇跋，简单交代一下自己学习的经历。我不敢冒充学者，实在谈不上任何治学的方法和心得。由此联想到一件小事：1942年春在校做学生时，教我们"中西交通史"一课的向达先生去西北考古，临行前的一个夜晚姚从吾老师（北京大学历史系主任）主持了一个小型茶话会送别。会上有的同学坚请向先生谈一谈自己治学的经历和方法。向先生很谦虚，他说他自己谈不上有什么治学的心得，他愿意介绍一位前辈老先生的为学方法，随即介绍了王国维先生。不才如我，则连介绍前辈老先生都不够格，勉强能谈的就只是自己的无能和惭愧而已。

确切地说，自己应该是属于一个报废了的群体之中的一个——这里所谓报废当然不是说所有同时代的人都属于报废之列，"江山代有才人出"，每个时代都会有才俊之士脱颖而出，各擅风骚。但大抵上，我所属的这一代人的那个群体，大多数都没有上一代人的国学基础，也没有上一代人的西学基础，更缺乏某一门或几门的现代学术训练，从语言文字到人文的以及社会科学的和自然科学的理论和实践。而比起年轻一代的人来，我们虽也反复读过选集和语录，但总不如他们那样运用自如得心应手，能以阶级分析为武器真做到政治挂帅。自己一遇问题，内心里总会不知不觉地走向逻辑挂帅，或者可以叫作形而上学的世界观吧。我自己所属的这一代人虽已赶不上五四运动，却是在五四的强大思想影响之下成长的。年轻时候所接受的东西很容易先入为主，甚至于出主入奴，形成了思想定式，要再改变就困难了；这就好像一个人年青时候所形成的乡音，到老再也改不了一样。一个人应该正视自己的局限和缺陷，这不但有助于提高我们自己的认识和境界，也有助于理解和体会他人的思想。

40年代（20世纪）初，作为一个在校的学生，我对当时许多历史学著作最感不能同意的就是它们有着太多的毫无根据的、教条式的武断。其所由以出发的基本前提假设，几乎完全缺乏任何批判精神的洗练，就径直被强加之于读者。这就引导我的兴趣逐渐由思想史过渡到历史哲学以及历史学的知识论上面来。最初是张奚若老师两门政治思想史的课启发了我对思想史的兴趣和重视。历史学研究的是人文史而不是自然史，而人文史之所以成其为人文史，则端恃其中自始至终贯穿着人文思想。没有人的思想，也就没有人文史。都是人的思想赋给了历史以活的生命。假如没有理想、热望、感情、德行、思索乃至贪婪、野心、狂妄、愚昧和恶意等等，也就无谓人的历史了。这一点是人文研究有别于自然科学研究的地方。在自然科学的研究中，研究的主体是人，人是有思想的生命；而其所研究的客体则是没有思想的乃至没有生命的自然界。而在人文研究中，研究的主体是人，研究的客体也是人，是人在研究他自己。所以它那研究的路数和方法就自然有别于自然科学的。自然科学的对象是没有思想、感情和意志的，所以研究者对它的态度是价值中立的、超然物外的。历史当然也是整个自然世界的一部分，就此而言它也要服从自然界的规律而莫之能外（如物理的规律、生物的规律等等）。但因为它又是从自然界异化出来的那一部分；就此而言，它就不再是单纯的自然史，它也不再单纯地仅只受自然的规律所支配，它既有不以人的意志为转移的成分，又复有以人的意志为转移的成分（不然，什么努力与决心等等便全无意义了）。历史归根到底乃是人的有意识的、有意志的（而非单纯自然的）产物。从而历史学的研究既有其科学的一面，又有其非科学的一面。或者说，它具有科学与非科学、自由与必然的两重性。康德曾用一个寓言来说明这一点：大自然（即天意）一旦创造了人，就把自由交给了人，从此以后历史就是人的创造了；如果历史仍像自然界那样服从必然的规律，它就谈不上是自由人的自由事业了。仿佛是上帝把必然给了自然，而把自由给了人。自然世界只有一重性，而人文世界则有两重性：即作为自然世界的一部分而言——毕竟人是自然界的一部分，不可能脱离自然世界之外——它要服从必然的法则，但同时作为人文世界的那部分而言，它又服从自由的法则。一切人文价值，其前提都在于自由。如果不存在自由，如果不是"事在人为"，如果一切历史都不以人的意志为转移，则一切人文活动（好的和坏的）、一切努力便都毫无意义，人也就不需要对自己的行为负任何的责任了。在这一点上，我以为新康德主义是有贡献的。不过经过多年的搁置之后，我现在已无法给出一个十分明确具体的答案来。

除了一些师长而外，某些近代和当代的作家也曾影响了我。这个影响是有选择的。一方面是根据自己的倾向而对某些作家有所偏爱。但另一方面自己所偏爱的作家也影响了自己的倾向和思路。老友之中，王浩对我有很深的影响。我们在中学、大学和研究生都是同年同学，相互间经常海阔天空无拘无束的论辩是青年时代最美好的精神享受之一，可谓"此乐令人至死难忘"。每逢意见不一时，便反复诘难。一起去看电影，看后我所欣赏的，他可以找出理由来反对；而我所反对的他又可以找出理由来欣赏。我想大概由于自己是从一个深厚的中国文化背景所熏染出来的缘故，所以想一切问题总是理所当然地从一个以德为本的坐标系出发，一切一切都在这个坐标系中有其预定的确切不移的位置，即总是习惯于从"善善、恶恶、贤贤、贱不肖"的思路出发，先有结论，再去找根据来"证明"自己的论点。而他辩论起来，似乎全无任何预定的倾向性，只是跟着推论走，对可能达到的任何结论都欣然接受，并不预存任何好恶之感，有时给我以一种似乎喜欢诡辩的感觉。他的兴趣倒不在于结论如何，而更其在于那推论的过程如何。他常常会一视同仁地欣然接受由另一种推论方式所达到的另一种完全不同的结论。慢慢地，他的思想方法给了我一种深心的启迪：思想不应该预设结论。人们不应该为了达到什么结论而去论证。反之，我们应该是通过论证而达到毫无预先设定的任何结论。思想不应该是在某种有预定倾向性的指导原则之下进行，这是唯一正确的思想方式。可是这看起来又和人文研究中不可离弃的价值观有了矛盾：历史学的本性是，或者应该是怎样的？我们又应该怎样采取一种正确的思想方法才能认识它？就成了自己多年所感兴趣的问题之一。

　　研究思想理论的历史似乎有两种途径：一种是就理论本身研究它的是非得失，另一种是从现实的背景去探讨它的社会历史的具体内涵。前一种思想方式是法理的或非历史的，后一种则是历史的。19 世纪的历史主义对 18 世纪理性思维的反弹，就提供了一个最好的例证。这也涉及我们通常所说的政治与学术的关系问题。这个问题委实是一个最为微妙难解的问题了。怎样能摸索出一条平坦的大道，是需要人类大智慧的事情。一个半世纪以来，中华民族内忧外患、灾难深重，使得政治与学术的联系格外密不可分。反观历史，意识形态的独断与对教条的无限崇拜乃是导致中世纪走入黑暗时代的原因。

历史的思维方式与非历史的（或法理的）思维方式两者或许并非是互不相容的，而是可以并且应该相辅相成的。反观人类的思想文化史，两种思维方式都曾有过重大的贡献。但是学者的路数不同，往往容易陷于门户之见，党同伐异，遂使两者看来有时似乎是水火不容。一种思想理论若想能卓然有立，必须有其纯理论上的立足点，这是毫无疑义的；但同时，任何思想理论在根本上又首先是现实生活的产物而非单纯是前人思想的产物。就此而言，历史学家首先乃是把自己的思想加之于历史材料而不是从历史材料之中引申出自己的理论。他是历史数据的烹调师，数据本身不能自行给出一幅完整的历史图像来，完整的历史图像乃是史家运用这些数据炮制出来的。没有一种预先假设的世界观，就无从着手历史研究；而其流弊所及，则是实践的历史学家们往往沉溺于挑选出某些材料来"证实"自己那永远无法证实的前提假设，这就是我们所习见的说法：历史就"证明"了什么什么云云。

予生也晚，已赶不上五四时期胡适先生讲中国哲学史大纲了，后来做学生是听冯友兰先生的"中国哲学史"和"中国哲学史研究"两门课。冯先生是从理论到理论，未能紧扣历史发展自身的内在逻辑。冯先生所讲每有胜义和卓识，是不可轻率抹杀的；然而却往往有失历史的真相，只是一个理论家在理论上的自我满足。近年来海内外研究冯先生有呈显学之势，但所论主要仍是他自己早已否定了的《贞元六书》的体系，尚未觅有人根据他几十年来历次的自我检讨去探究冯先生的思想历程。其实，他那些思想检讨与自我批判倒更足以反映他思想体系的理论与实践，同时也是一个时代的历史证词。历史唯物主义的基本观点应该是存在决定意识而不是意识决定存在。

50年代起，我曾在侯外庐先生领导的班子中工作多年。在中国思想史的研究方面，我以为侯先生是真正从马克思主义出发的，他研究前人的思想首先是从社会史入手，而不是单纯就思想论思想。我自己浮浅的感受，这样的研究路数，比较更近于历史的真相。然而从物质基础到思想理论却需经历一次质的飞跃，不能简单地把思想理论径直等同于社会基础，否则就有陷于庸俗唯物论的危险。周敦颐《爱莲说》赞美莲花是"出污泥而不染"，毕竟莲花虽出于污泥，却不能简单地等同于污泥。而要捕捉前人的这一飞跃，则又需以史家自己的思想为其前提条件，真是谈何容易。

欧几里得假设的是一个在物质世界中并不存在的点。从那样的一个点出发，他可以严谨地推导出一套几何学。（当然，从另外的出发点，也可以推导出一套或若干套非欧几何学。）亚当·斯密的理论体系是从假设一个纯经济人出发。马基雅维利的则是从假设一个纯权力人出发。孔孟及后来的儒家则从道德人出发推导出一个彻头彻尾伦理化了的宇宙构架。各家的理论都是从人的一个方面出发，而且就该片面的领域而言，还很可能是提出了非常深邃而正确的思想。观察的对象不应该只是某一片面的"能人"（homo faber），而应该是全面意义上的"智人"（homo sapiens）。他对人生的态度应该是 M. Arnold[1] 说莎士比亚说："He sees life steadily and sees it whole。"这一点似乎是陈义过高，难以企及；但这不应该成为使历史学家望而却步的理由。即

---

[1]　马修·阿诺德（1822—1888），英国诗人、评论家。——编者注

使一个历史学家穷毕生精力考订出了一个数据（例如，曹雪芹究竟死于哪一年），但那究竟不等于他就谈得上理解了历史或历史学。

前人的思想有可能被理解吗？白居易说："唯有人心相对间，咫尺之情不能料。"相对之间尚且如此，则萧条异代之间其难可知；然而假如不是知难而进，一个历史学家就是背弃自己的职业道德了。最后，我想以17世纪帕斯卡有关"思想的苇草"的一段名言作为结束：

"思想形成了人的伟大。

"人只不过是一根苇草，是自然界最脆弱的东西；但他是一根能思想的苇草。用不着整个宇宙都拿起武器来才能毁灭他；一口气、一滴水就足以致他于死命了。

"然而纵使宇宙毁灭了他。人却仍然要比致他于死命的东西更高贵得多；因为他知道自己要死亡以及宇宙对他所具有的优势，而宇宙对此却是一无所知。

"因而我们全部的尊严就在于思想。正是由于它、而不是由于我们所无法填充的空间和时间，我们才必须提高自己。因此，我们要努力好好地思想；这就是道德的原则。

"能思想的苇草——我应该追求自己的尊严，绝不是求之于空间，而是求之于自己思想的规定。我占有多少土地都不会有用；由于空间，宇宙便囊括了我并吞没了我，犹如一个质点；由于思想，我却囊括了宇宙。"（《思想录》，Brunschvicg 本，第 346—348 节）

只不过帕斯卡这里所说的是人对自然世界，而历史学家所面对的则是人和人文世界。

编　后

一切炫人眼目，都只不过是一片过眼云烟，唯有真正的精金美玉才为后世所宝。

——歌德

何兆武先生今年已经98岁高龄。4月底，清华108周年校庆期间，一位老师告诉我，何先生精神不错，身体尚健，只是听力变弱。我觉得这是清华校庆期间我得到的好消息。

九年前，因写作出版《一个时代的斯文：清华校长梅贻琦》，我有缘认识何兆武先生。何先生1939年考入西南联合大学，1943—1946年读研究生，联大七年先后读过四个系，他在《上学记》里详细讲述了在西南联大求学时的无限欢乐——有大师、有挚友，有希望、有迷茫，有幸福、有困顿，有和平、有战火……一谈起西南联大的主心骨梅贻琦先生时，何先生那写满岁月沧桑的笑脸上，绽放着虔诚和崇敬，悄然感人。他娓娓地回忆起老校长梅先生的敬业、沉稳、纯粹的品性，平和地述说梅先生的逸事趣闻，高度评价了梅先生的教育理念和办学成就。

听何先生讲梅先生的故事，我也就慢慢地走近何先生。当时已届九旬的他，心平如镜，谦和若水，虽然一再抱歉记性差，可一打开话闸，世间万象皆了然于心。他思维敏捷流畅，许多场景描述得如同电影一般清晰有趣，有时哪怕是家常式的聊天，却常常闪烁着哲思的光芒，让听者感受到的是思想的盛宴。

何先生说，渴求真理乃是人之所以为人的绝对需要。人之异于禽兽就在于：人不是一种食肉兽，是一种食真理兽，要靠吃真理而生存。因此，何先生一辈子都在追求真知，即使在劳动改造，不闻学术的昏暗日子里，他也没有放弃过。对于学术，何先生坚信，学术有它自己的尊严和价值，不是神学说教的女仆。他真诚希望自己的潜心问学，能够帮助人们开启迈向现代化的大门。

科学是一把双刃剑。在何先生看来，科学在近代已经取得了无与伦比的胜利，但是它还没能完全克服人们思想中的偏狭、愚昧和迷信，它还需更好地认识它自己的有效性的范围，承认在自己的领域之外的其他各种非科学思想的合法地位，包括道德、伦理、信念、理想、感情等等在内。人类并没有仅仅因为科学的进步，就能保证自己的生活更美满、更幸福。美好的生活、美好的社会和美好的历史前景，并不仅仅依赖于我们必须是"能人"，还更加有赖于我们必须是"智人"，是真正有智慧的人。没有人文社科的健全发展，科学（知识就是力量）一旦失控，将不但不是造福于人类，反而很有可能危害于人类。的确，如果希特勒之流掌握核心技术，那必定是人类的劫难。

作为历史学家，他一直在从古今中外的大历史中寻找中国迈向现代化（或近代化）的文明进步之路。何先生认为，人类文明的进步，首先而且主要是靠此前历代智慧的积累。如果不是站在前人已有的基础之上，反而把前人的成就和贡献一扫而光，人类就只好是倒退到原始的野蛮状态，一切又从零开始。前人积累的智慧结晶不但包括物质文明，也包括精神文明，不但包括科技和艺术，也包括历代所形成的种种风俗、体制、礼仪、信仰、宗教崇拜、精神面貌和心灵状态等等。因此，任何人都无权以革命的名义（或以任何的名义）去破坏和摧残全民族、全人类千百年的智慧所积累的精神财富。

近代中国已经无可逆转地步入了世界大家庭，这一进程只能是一往无前而义无反顾的。近代以来，确实有人也曾想要闭关自守，甚至以天朝上国的姿态妄自尊大，俯视环宇，结果只是落得一场堂·吉诃德式的闹剧的幻灭。

中国近代化的起步要比西方晚了三个世纪，因此人们就错误地认为我们近代化就要学"西学"。何先生一再提醒，其实我们要走的乃是近代化的道路，这是全世界共同的道路，不论哪个国家，哪个民族都要走近代化的道路。只不过这条共同道路上，西方比其余的世界（包括中国）先进了一步而已，这是大家共同的道路，不是"西方"的道路，不过是西方早走了一步而已，我们中国人也要走这一条道路，所有的国家都要走这一条道路，近代化道路是所有国家共同的道路。

由于历史条件不同，每个民族当然有各自过去历史上所形成的特色，但它共同的道路乃是普遍的，普遍性终究是第一位的。中国当然有中国的特殊性，每一个国家，每一个民族都有它的特殊性，不光是国家、民族有特殊性，个人也会有特殊性。人类的历史有它的普遍性，也有它的特殊性。我们不能强调一方面，忽视另外一方面。比如特别强调中国的特殊性，讲什么都把它放在第一位，那你把普遍性价值放在什么地方？同样，反过来，如果只提普遍性，那大家千篇一律、千人一面，这样也不成。任何东西都是从传统里边演变出来的，所以不能对传统全盘否定；可是又不能永远停留在原来的那个水平上，总是要不断地提高和进步的。

作为哲学家，他从中国哲人到西方哲人那里广泛地汲取文化思想史的营养，不断地丰富自己的学术洞见，探索中国现代社会（或近代化）文明进步的要素。

何先生说，一部人类史的开阖大关键，不外是人类怎样由传统社会转入近代化的历程。其间最为关键性的契机，厥惟近代科学与近代思想的登场。近代科学与近代思想之出现于历史舞台，不应该视为只是一个偶然的现象，它乃是一项整体系统工程的产物。中世纪的思维方式产生不了近代科学。这是一场思想文化上脱胎换骨的新生，培根、笛卡尔、帕斯卡、伽利略、伏尔泰、卢梭等一长串的名字都为此做出了不可磨灭的贡献。近代思想文化的主潮或许可以归结为这样的一点，即人的觉醒。换句话说，自从文艺复兴以来，近代思想的总趋势即是人的觉醒；在启蒙时代，康德的理论里达到了它的最高境界——自由，以自由为基础的道德律和权利，绝不是一句空话，它是驾驭人类历史的大经大法。全部人类的历史就是一幕人类理性自我解放的过程，也就是理性逐步走向自律的过程。思想自由、言论自由和学术良心是被康德所强调的一个公民最根本的、不可剥夺的权利。无论自己侵犯别人的自由，还是别人侵犯自己的自由，都是最严重的侵权行为。一切政治都必须以人类自由为原则，否则政治就会堕落为一场玩弄权术的无聊游戏。

正是这些先哲三百多年来前赴后继的启蒙，使得19世纪英国法学史权威梅因可以用一句话高度概括人类的文明史——迄今为止，一切进步性社会的运动，都是一场"从身份到契约"的运动。也就是说，一切进步性社会的特点，都是人身依附或身份统治关系的消失而让位给日益增长的个人权利与义务的关系。何先生强调，圣人制作和名教统治都不是什么垂宪万世的东西；永恒不变的只有个人的天赋人权或自然权利。人是生而具有平等的权利的，因而是生来就享有自由的；这些权利是自然所赋予的（天赋的），不分等级高下。

具有划时代意义的五四运动已经一百年。何先生也和我多次谈到五四运动。何先生说，中国历史从传统社会走到现代社会，直到五四运动，才总结出科学与民主两面旗帜。因为近代化是一个全球性、普遍性、不可逆转的潮流，但如果没有科学和民主，就很难有近代化。

讲究科学，就必须有一个条件，即思想自由。如果思想上没有自由，学术是无法进步的。而民主就是民主，不民主就是不民主。民主和科学一样，有粗精之分、高低之分，形式可以有不同，实质是一样的。就我们现在来说，近代化具有普遍性，是第一位的，民族特色是特殊性，是第二位的。

上大学时，何先生经常与他的同学挚友、世界著名的逻辑学家王浩先生探讨人生幸福这类永恒的话题。他谦逊地说，其实没有标准答案。不过，何先生还是给出幸福的方子，一个是你必须觉得个人的前途是光明的、美好的。另一方面，整个社会的前景，也必须是一天比一天更加美好。如果社会整体在腐败下去，个人是不可能真正幸福的。能够讲述世人幸福之道的何先生，幸福吗？他经历沧桑，在战乱频仍、饥饿横行、疯狂无限后，始得晚景的一片安宁。不过，从他那和蔼安详乐观的神态里，我觉得他是幸福的。这种幸福不是一般人能够体会到的，只有像他这样经历苦难仍悲悯天下，穿透迷雾而拨云见日，坚信我们终将走上现代化大道的人，才能有这样难得的体验，才配享这样多彩的百年人生。

何先生曾借用诗人济慈的墓志铭说："人生一世，不过就是把名字写在水上。"细细体察何先生近百年来的行谊，他一直都这样看淡自己的人生，在追名逐利的浮躁氛围中，学富五车的何先生却始终与思想为友，甘于清贫，甘于寂寞，宁静淡泊。不过，我坚信，不论何先生自己如何淡然，但如他这样的人中龙凤，像他这样的人生，一定会被后人所记。

阅读何先生的作品，无论是他的学术文章，还是随笔散文，都是一种享受。他的文字简洁、干净、幽默、睿智，常常让人耳目一新，感受到通往常识和智慧道路上的豁然和快慰。比如，常有人认为明清之际，西方传教士为中国带来了近代科学技术。何先生一直反对，他认为，近代世界的主潮是科学与民主。那些传教士是要传播中世纪的宗教，跟近代科学和民主并没有关系，因为中世纪宗教实质上反对近代科学，这些传教士不可能带来中国所需要的近代科学与近代思想，所以他们对于中国的近代化没有贡献。

承蒙何先生信任，我有幸整理、编辑他自 20 世纪80 年代以来发表在各类报刊上的学术文章和随笔散文。这些文章视野非常开阔，但主题却是高度的集中，即近代化是世界各国的共同道路，中国也概莫能外。要走近代化道路，就必须举起科学和民主两面大旗。我将何先生的文章，依所涉内容辑成历史、哲学、文化、读书四大类，辑成此书，旨在为面向未来的读者提供普及常识、追求真知的读本。2012 年初版时为厚厚的一册，再版时为了方便读者阅读，特将此书按历史、哲学、文化、读书四大类内容单独成册。

在 2012 年本书初版时，得到科学出版社大众图书出版分社社长周辉先生的鼎力支持。此次再版，微言传媒总编辑周青丰先生给予专业支持和协助。这本书的出版过程中，自始至终得到清华大学经管学院刘燕欣老师的鼓励和帮助。在此，我谨向他们致以诚挚的谢意！

最后，我要感谢我的妻子和女儿。如果没有她们的理解和宽容，为我营造思想的自由世界，我很难能经年累月地静下心来发现与采撷何先生的这些"精金美玉"，呈献给诸位读者。

钟秀斌

2019 年 5 月于北京

图书在版编目（CIP）数据

触摸时代的灵魂：何兆武谈读书 / 何兆武著 .
-- 上海：学林出版社，2019.10
ISBN 978-7-5486-1582-8

Ⅰ .①触… Ⅱ .①何… Ⅲ .①散文集—中国—当代 Ⅳ .① I267

中国版本图书馆 CIP 数据核字 (2019) 第 234164 号

策 划 人	钟秀斌　周青丰
责任编辑	许钧伟
特约编辑	夏　青
封面设计	微言视觉 | 苗庆东

何兆武思想文化随笔

触摸时代的灵魂： 何兆武谈读书

何兆武　著

出　　版	**学林出版社**	
	（200001　上海福建中路193号）	
发　　行	上海人民出版社发行中心	
	（200001　上海福建中路193号）	
印　　刷	上海盛通时代印刷有限公司	
开　　本	787mm×1092mm　1/32	
印　　张	7	
字　　数	118 千字	
版　　次	2020 年 1 月第 1 版	
印　　次	2020 年 1 月第 1 次印刷	
ISBN	978-7-5486-1582-8 / I·217	
定　　价	48.00 元	

N